LA MER
DE LA TRANQUILLITÉ

Du même auteur

Romans

Du mercure sous la langue, Les Allusifs, 2001 (Éditions 10/18, 2005)
Le souffle de l'harmattan, Typo 2001
Le souffle de l'harmattan, version révisée par l'auteur, Les Allusifs, 2002
Terre du roi Christian, Typo, 2000
Zara ou la mer noire, Quinze, 1994

Nouvelles

La mer de la Tranquillité, Les Allusifs, 2006
Les prophètes, Quinze, 1996

Sylvain Trudel

LA MER
DE LA TRANQUILLITÉ

Nouvelles

NOTABILIA

ISBN : 978-2-88250-321-3

À Sylvie Bellemare

« La vie sans les maux est un hochet d'enfant. »
CHATEAUBRIAND

ÉPIPHANIES

Né de mauvais cœur une nuit d'Épiphanie, entre les Rois mages et Sa Majesté Carnaval, dans une maison de bois de Pointe-Gatineau, vieux quartier enseveli sous la neige au confluent des rivières Gatineau et des Outaouais, l'enfant exhibait entre ses jambes boudinées une sorte d'escargot poissé de délivre comme de blanc d'œuf : c'était donc un garçon ; c'était donc moi.

La Lune natale est dans la maison
du Milieu-du-Ciel,
avec Mercure,
planète des hautes études et des voyages.

Mon horoscope me prédisait une vie intelligente et aventureuse, mais pour l'heure le vent lugubre sifflait dans les fenêtres et j'avais le bras droit inerte, avec au bout une petite main de mendiant.

« Ça parle au diable ! pleurait ma mère pendant qu'on me réchauffait dans la gueule du fourneau de cuisine. J'ai mis au monde un quêteux ! »

Né sans ailes aux talons ni caducée d'or à la main, je ne m'arracherais sans doute jamais à ma destinée d'homme de peu, et en outre ma main implorante et l'affreux bonnet qu'on m'avait enfoncé jusqu'aux yeux semblaient me vouer à quémander le boire et le manger ma vie durant.

Quelques jours plus tard, ma mère paya à la paroisse une messe de relevailles, puis elle s'en remit à la sorcellerie du baptême pour conjurer la fatalité. Ainsi, un matin, sous la voûte en éventail de l'église Saint-François-de-Sales, un curé m'ondoya sur les fonts. Saucissonné dans mes langes, j'héritai de prénoms démodés comme les chapeaux melon : Joseph Ubald Thomas Laframboise, « *in nomine Patris et Filiæ et Spiritus Sancti* ». Le curé au latin de cuisine, qui mariait les époux « jusqu'à ce que mort s'ensuive », baptisait donc les nouveau-nés « au nom de la Fille ». Ma grand-mère Maloney, qui avait jadis appris le latin chez les Sœurs grises de la Croix, coula à l'oreille du curé : « *Filii…, et Filii…* » Un peu d'eau lustrale coula sur mon visage éberlué et perla dans mes cheveux rares, mais l'entourage s'acharnerait à m'appeler Tom pour me ramener au ras de l'herbe à poux, là où rampaient, comme des fraisiers, les racines ouvrières de la famille.

« N'importe qui peut devenir quelqu'un, disait ma grand-mère Laframboise, la vertu roule dans le monde comme un dé. » Mais ma mère ne voyait en pensée que ma main de mendiant.

Des années plus tard, ma paralysie obstétricale complètement résorbée, ma mère me raconterait la petite aventure de ma naissance et j'examinerais les photographies de mon baptême comme les images d'un monde obscur où mon visage même, éthéré sous le voilage de mousseline, dissimulait notre secret de famille : né le bras raide, j'avais été le signe du malheur.

* * *

Des chevaux en miniature tournoyaient sur ma tête la nuit, dans les tintements d'une petite mécanique argentine, pendant que je m'hypnotisais sur les anges du papier peint.

Le jour je m'éveillais dans un autre monde et je pleurais sans répit. Ma mère avait beau courir les cliniques de Hull et d'Ottawa pour me faire examiner sur toutes les coutures, les pédiatres se désolaient de ne rien découvrir. « Il va falloir l'endurer, madame », voilà ce qu'ils répondaient. Parents et amis se relayaient à Pointe-Gatineau pour prêter main-forte à ma mère et je passais de bras en bras sans jamais toucher terre. « C'est pas un bébé, disait ma grand-mère Laframboise, c'est une perruche. » On me promenait, me dodelinait ; on me faisait des mamours et on me soupirait des berceuses dans l'espoir de me faire taire, mais quelque brûlure secrète me suppliciait de l'intérieur. Jusqu'au jour où ma mère découvrit ma propension à me laisser fasciner par les émissions de télévision. Dès lors, elle prit l'habitude de me parquer sur la table du salon, ligoté à mon siège de bébé devant le bruyant appareil, une tétine enrobée de sirop de maïs fourrée dans ma bouche en cœur. Inerte et silencieux, le regard attaché sur des fantômes, j'absorbais les neiges électroniques et suçais mon glucose, comme heureux – et ma mère eut enfin la paix.

Les mois passèrent et j'appris à ramper, d'abord à reculons, et bientôt je sus marcher comiquement dans mes bottines orthopédiques, mais je n'allais jamais loin : je m'écrasais pour contempler les fourmis, les mouches et les araignées qui grimpaient sur moi. Je leur parlais secrètement, dans une langue inventée qui résonnait en moi comme dans un trou, et mine de rien je vieillissais, envoûté par les sortilèges de la télévision, me bornant à murmurer des confidences au Jésus du crucifix et aux anges du papier mural. Le soir, des êtres hideux s'incarnaient dans les veinures de la porte de bois de ma chambre et le téléviseur déversait ses cris jusqu'à moi. Des voix m'envahissaient et me transformaient, des vérités m'éclairaient. Tout souffrait et mourait, la télévision m'inculquait ces malheurs, et, la nuit, me réveillant en pleurs de mes cauchemars, j'errais à travers la maison.

* * *

Mon père maigre et pâlichon, qui dépassait tout le monde de sa tête osseuse, travaillait à l'usine de produits forestiers Eddy, à Hull, où il fabriquait des allumettes, des haches, des cure-dents, des épingles à linge, des béquilles. C'était un homme utile et j'en conserve l'image d'une ombre qui rentrait souvent avec les étoiles, le ventre plein de bière. Néanmoins c'était un doux. Soûl, il devenait si sentimental qu'il pleurnichait pour des riens dans son fauteuil du salon, un disque de Betty Carter ou d'Oscar Peterson passant sur le pick-up – et ma mère se contentait de ramasser en silence ses bouteilles vides. Le samedi, j'allais vendre ces bouteilles consignées chez l'épicier du coin, ensuite je m'asseyais sur les marches de ciment de l'épicerie, recuit par un soleil de plomb qui l'été calcinait les rues et les pelouses, et je m'étiolais à manger des esquimaux, à noyer des fourmis dans mes crachats, à boire de l'orangeade à même la bouteille gommée qui attirait les guêpes. Je dépensais là toute ma fortune, mais je savourais mal cet argent triste né de l'argent bu de mon père, l'argent perdu de ma mère toujours voûtée sur un tricot, sur des patates à éplucher et des fritures, ou sur mes genoux écorchés, sur les efflorescences de la rougeole, de la scarlatine, de la varicelle.

L'été, j'allais pêcher l'achigan sous le pont du chemin de fer du Canadien Pacifique, où je rêvais d'aventures. Je me prenais pour le chevalier de Troyes venu en rabaska, ou bien, les joues barbouillées de noir de fumée comme deux culs de théière, j'étais le chef shawnee Tecumseh et je vainquais ces Grands Couteaux d'Américains. J'étais un petit garçon solitaire, j'aurais eu beaucoup de plaisir à jouer au baseball sur les pelouses du parc Leamy avec mon père, mais il était fatigué quand il rentrait de l'usine. Tard le soir, lorsqu'il allait se coucher ivre dans la cave, un sentiment d'abandon m'arrachait le cœur et je sentais, sous le plancher de ma chambre, la toute-puissance des ténèbres où régnait cet homme pris de boisson.

La nuit, j'avais parfois le courage de m'enfoncer dans la cave. Tout impressionné par la respiration hachée de mon père, je restais un moment à contempler ses longs pieds blancs qui dépassaient dans le vide au bout du lit de fer, ensuite je remontais me couler dans le lit conjugal, auprès de ma mère, mais dans mon sommeil saccadé je lui flanquais des coups de genou et elle me repoussait hors de ses draps : « Va rêver dans ton grabat, espèce de tache de graisse ! »

Malgré ces petites misères, nous allions à la messe le dimanche, tous les trois enfin sereins, ma mère élégamment vêtue, son sac au fermoir argenté à la main, mon père coiffé de son Stetson en fourrure de lapin piqué d'une plume de faisan, moi la nuque fraîchement savonnée et le nez reluisant. Me mouvant dans l'église comme dans mes rêves, je voyageais en esprit dans les paysages bibliques des vitraux, cherchant des anges dans les hauteurs de la nef, et lors de la consécration du pain et du vin je prenais les étincellements du calice et du ciboire pour la lumière du Christ descendant dans les espèces.

À cette époque, mes grands-parents Maloney débarquaient souvent à la maison avec une cargaison de livres pieux pour les enfants. Vingt milles à l'est de Pointe-Gatineau, ils vivaient à l'ombre de la papetière MacLaren, à Thurso, petite ville nauséabonde à l'atmosphère saturée de sulfite d'hydrogène dégagé par la cuisson des copeaux de bois dans les autoclaves. Je sais tous ces détails techniques, car mon grand-père travaillait à la MacLaren, et les soirs d'été il veillait dans le jardin avec ma grand-mère, tous les deux oscillant dans la balancelle, parmi des nuées de maringouins et des relents d'œuf pourri, mais ils s'étaient accoutumés à ces pestilences, leur nez hors d'usage ne sentait plus rien.

« Ça pue trop, chez toi, grand-maman, je veux p'us y aller. »

C'est pourquoi ma grand-mère venait à Pointe-Gatineau avec ses livres pour me conter les histoires d'un lointain pays de figues-fleurs où le sang coulait au creux des rochers, récits grouillant de héros et d'ennemis, de prophètes et de magiciens. La bouche béante, je m'émerveillais du savoir ancien de ma grand-mère qui déchiffrait les signes mystérieux imprimés sur les pages, et j'avais si hâte de lire tout seul que je disais en avoir des fourmis dans les yeux, mais en attendant je frémissais tout contre elle à l'évocation du carnage des petits enfants et des dix plaies d'Égypte (mes plaies favorites étaient le Nil de sang et l'épidémie de locustes). J'aimais Daniel dans la fosse aux lions ; et Moïse, le prophète bègue qui, près des lacs amers, ouvrait la mer des Roseaux pour les Hébreux ; et le pauvre Job, allongé sur un tas de fumier, qui grattait ses ulcères avec un tesson et se lamentait : « Quelle triste nuit que celle où j'ai commencé à vivre dans le ventre de ma mère ! » Parfois ma grand-mère cherchait à m'édifier : « Le caroubier est l'arbre auquel Judas s'est pendu, mais ses gousses ont nourri saint Jean dans le désert. » Je faisais mine de comprendre ses allusions, puis je me replongeais dans mes livres favoris : *Mon ange gardien*, où les anges filaient à la vitesse des avions à réaction ; *Vie de Dominique Savio*, le plus jeune saint mort à quinze ans ; une *Histoire de Jésus racontée par la Sainte Vierge*, où Marie s'exclamait : « Quand j'étais petite, à Nazareth, toutes les filles juives rêvaient d'être la mère du Messie ! » ; et des hagiographies de martyrs, Apolline édentée avec des tenailles, Elme qu'on avait éviscéré en enroulant ses intestins sur un treuil, Eustache et sa famille cuits dans un taureau d'airain chauffé à blanc, les jésuites de la Nouvelle-France au crâne fracassé et scalpé, la langue et les lèvres arrachées, un collier de haches incandescentes autour du ventre, et ainsi de suite les chrétiens massacrés.

Tout était bouleversant, mais je préférais les épreuves et les prodiges de Jésus, ce surhomme si beau, si brave et si intelligent. Je l'admirais tellement que le soir, dans mon lit, je me voyais prophétiser en Terre sainte où je guérissais des infirmes, des aveugles, des lépreux, où je ressuscitais les morts et recevais des anges des messages pour l'humanité. J'en ressentais une telle impression de réalité qu'au matin je me prenais pour un apôtre jeté dans la lumière. Et puis la Passion me bouleversait – ma grand-mère me lut cent fois : « Étourdi par du vin de myrrhe, le Christ fut supplicié au lieu-dit du Crâne… » Horrifié par les Romains qui avaient tué le fils de Dieu né d'une étoile, je croyais voir couler mon propre sang de ses plaies et je souffrais de ne pouvoir remonter le cours des siècles pour l'arracher aux griffes de Caïphe, de Ponce Pilate et des docteurs de la Loi du Sanhédrin. Recoquillé dans mes draps, je serrais les poings de rage.

* * *

Au fil des mois, j'appris l'art de la lecture en décryptant les livres pieux de mes grands-parents Maloney, mais aussi le journal du jour de ma naissance, que mes parents avaient gardé en souvenir. Quand j'en ouvrais les pages jaunies, je tombais sur les mauvaises nouvelles de ce jour lointain – un garçon avait disparu sous les glaces de la baie Daragon ; trois personnes avaient péri dans un incendie criminel ; il y avait la guerre au Mozambique – et j'examinais la photographie d'un paquet de chair grise flottant dans le frasil, les restes d'une femme violée et étranglée. Et puis, à la page des notices nécrologiques ornées de photos, les défunts me regardaient dans le blanc des yeux pour quêter mon réconfort.

Depuis un an déjà,
un cœur d'or a cessé de battre
et une étoile de plus brille au firmament…

À l'hôpital Montfort,
à l'âge de 99 ans et 11 mois,
est décédée Dame Émilia Langlois,
épouse de feu…

La dépouille est exposée
au salon Machabée & fils…

Au lieu des fleurs,
des dons à la dystrophie musculaire…

Tourmenté par la mort et la souffrance, je ne comprenais pas pourquoi j'étais né en ce jour lointain où tant de gens avaient fini leur destinée, et mon amour pour ces âmes grandit tellement que, un matin où je m'observais dans la glace de la salle de bains, troublé par mon visage dramatique et par mes yeux qui brillaient d'affection pour des hommes imaginés, je crus reconnaître en moi un saint, la réincarnation de Dominique Savio.

* * *

Un dimanche de printemps, on m'emmena visiter l'oratoire Saint-Joseph, à Montréal, pour me faire adorer une fameuse relique du thaumaturge du mont Royal, le cœur du frère André qui baignait dans sa châsse translucide, un bon gros cœur de paysan pareil à une betterave marinée, ensuite on me traîna dans un capharnaüm aux murs couverts d'appareils pour les infirmes, évoquant un enchevêtrement inextricable de ronces et de lianes.

« C'est les béquilles, les cannes et les orthèses de tous les miraculés, me dit majestueusement ma grand-mère Maloney. Le frère André guérissait les cancéreux, les aveugles et les handicapés, il frottait les malades à l'huile de saint Joseph. »

Sûr de ma vocation, je voyais déjà mes organes mis en bouteilles, après ma vie, dans un oratoire de montagne, livrés à l'adoration des multitudes guéries par mes prodiges, et la première âme que je voulus sauver fut celle de mon père. Le soir, dans mes prières, agenouillé sous le crucifix de ma chambre, j'implorais le Christ d'étancher à jamais la soif de cet homme, mais le pauvre Jésus restait cloué à sa croix de misère, les plaies béantes, roulant dans l'agonie ses yeux pleins de détresse et d'impuissance.

Le jour, je pensais maintenant à mon père d'une étrange façon. À l'école, à la piscine, à la patinoire, n'importe où, je suspendais soudainement mon souffle, tournais toutes mes pensées vers lui et me disais : « Où es-tu ? Que fais-tu ? As-tu faim ? As-tu froid ? » Cet homme vivrait désormais en moi comme dans une châsse, et c'est ainsi qu'il devint mon propre fils. Et bientôt ma mère, de la même manière, devint ma fille. Voilà comment je devins le père de mes parents. Mais avant cela je dus mourir à moi-même pour naître à nouveau au seuil d'une nouvelle vie où je serais un homme. Et le coup de grâce me fut porté le dimanche de ma confirmation.

Ce jour-là, toute ma famille s'était réunie chez nous pour cette fête solennelle, grands-parents, oncles, tantes, cousins et cousines. Ma grand-mère Maloney parla du soleil de la jugeote qui me tirait enfin de l'enfance, ce petit purgatoire d'acclimatation pour les âmes juvéniles. Elle avait le verbe fleuri, mais des liens invisibles m'attachaient encore au passé plein de rêveries. Il fallut que mon parrain, l'oncle Bernard, me prît à part, dans ma chambre, pour clore mon enfance. Il me dit d'abord :

« Tom, il faut que tu oublies toutes les insignifiances qu'on te fait lire depuis toujours. »

Ce disant, il s'empara d'un livre dans ma bibliothèque, *Daniel dans la fosse aux lions*, aux belles illustrations.

« Par exemple, ça : des lions souriants ! Jamais rien vu d'aussi stupide ! Pourquoi pas des rhinocéros au charbon ou des girafes à manivelle ? » Il rit fort et ajouta : « À Rome, quand un lion dévorait un chrétien, c'était la première communion du lion. » Puis, tirant *Mon ange gardien* des rayonnages : « Les anges, c'est des rêves idiots de riches. » La preuve en était que tous les anges aux ailes bien lissées avaient les cheveux blonds et les traits fins. Chez eux, pas d'yeux bridés ni de pommettes saillantes ou de narines négroïdes. On cherchait en vain les anges lépreux, rachitiques, culs-de-jatte, mongoliens ou tuberculeux. Tandis que les petits pauvres du bout du monde qui mouraient de faim, du choléra, du typhus, ou qui crevaient au fond des mines de houille, ou même ces enfants d'ici brûlés vifs dans les incendies, noyés dans les rivières, écrasés par des ivrognes, ils n'en avaient pas, d'anges gardiens, affirmait mon parrain, ou bien, s'ils en avaient, c'étaient des anges soûls aux facultés affaiblies, des pourritures qui mettaient le feu aux rideaux, provoquaient les coups de grisou, limaient les essieux ou semaient des nuées de microbes du haut du ciel.

« Méfie-toi des anges comme de la peste, c'est des rats à hélice. »

Bouche bée, je buvais les paroles de mon parrain qui osait détruire le monde connu pour me précipiter dans l'inconnu. « Ce livre-là aussi, je le connais… » Il avait saisi *L'Histoire de Jésus racontée par la Sainte Vierge* pour me montrer les caractères minuscules de la page de titre :

Texte : L'ABBÉ LOUIS-A. LAGALE

Faussement attribuée à Marie, cette histoire de Jésus était un mensonge éhonté et je me sentis trompé dans mes espoirs passés, dépossédé de mes anciens sentiments.

Cet après-midi-là, à l'église Saint-François-de-Sales, eut lieu la cérémonie où je fus contraint de m'humilier devant l'évêque engoncé dans son camail violet, une croix de topaze sur sa large poitrine.

« C'est un carnaval, me souffla mon parrain aux portes du sanctuaire, et plus tard tu vas rire de toutes ces simagrées. »

Je m'avançai vers l'évêque qui trônait dans le chœur et m'agenouillai pour baiser l'anneau épiscopal de taille héroïque qui brillait à la main du prélat.

Après la cérémonie, submergé par les baisers de mes grands-mères et de mes tantes, je coulais des regards tourmentés vers mon parrain pour qui l'âme n'existait pas plus que les licornes roses.

« Mais ça ne peut pas s'apprendre, l'âme, lui demandai-je, comme la lecture, la nage ou la bicyclette ?

– Ce serait trop beau, mais il ne faut pas prendre les culs pour des visages. »

Je réfléchis un moment, la bouche tordue, puis je remarquai : « Dans ce cas, on peut tuer qui on veut, quand on veut, où on veut ?

– Oui, c'est ce que les gens font, c'est ce qu'ils ont toujours fait. »

Au reste, l'homme n'était pas l'œuvre de Dieu, soutenait mon parrain, mais un accident de la chimie, aussi évoquait-il souvent « nos vrais dieux » : le carbone, l'hydrogène, l'oxygène et l'azote. D'où vient qu'il tenait ses adultères pour de simples phénomènes biochimiques incoercibles, sans lien aucun avec la morale.

« Mais pourquoi vas-tu à l'église, mon oncle ?

– Comme bien des tartempions, je suis pratiquant mais non croyant.

– Je comprends pas.

– Pas grave. De toute façon, personne ne sait rien de rien, mais il faut toujours envisager le pire, parce que, le pire, c'est le propre de l'homme. »

Ce soir-là, avant de nous quitter, mon parrain m'entraîna de nouveau dans ma chambre pour m'offrir son présent seul à seul, d'homme à homme. J'avais déjà reçu une bible, une montre, un dictionnaire… C'est alors que mon oncle Bernard fit un tour de passe-passe et sortit des pans de son veston un magazine pornographique qu'il posa sur mon oreiller.

« Oublie un peu la catéchèse et étudie les sciences naturelles. »

Assis sur mon lit, je n'osais bouger ni parler, mais je louchais sur la revue à la couverture glacée où brillaient les seins nus et la toison d'une longue déesse renversée. Entre-temps, mon parrain avait saisi ma bible neuve. Il en lut des passages en silence, puis, avant de tirer sa révérence, il dit :

« Judas a osé vendre Jésus pour trente deniers. C'est scandaleux ! Le Christ valait plus que ça. Moi, j'en aurais demandé cent pièces d'argent. »

Mon enfance mourut ce dimanche-là et je devins celui que je suis, vainqueur du sombre augure de ma naissance, éternellement voué à mes deux enfants, ma mère et mon père.

Et, le soir de ce jour-là, le soir de ma confirmation, ramassé sous mes couvertures et recueilli à la lueur d'une lampe de poche, je pus contempler pour la première fois de ma vie les lèvres béantes d'un sexe féminin. Troublé par cette plaie vive et palpitante, je crus y reconnaître un stigmate de saint François d'Assise, et je penserais très fort à cette blessure mortelle durant des semaines, j'en rêverais toutes les nuits, puis j'y penserais moins, et un beau jour je connus la grâce, la femme vraie, suave et charnelle, qui m'inonda de son bonheur et de sa féminité, mais c'est la lointaine inconnue de la revue pornographique, offerte un dimanche par un parrain à son filleul, qui grava à jamais dans ma conscience la conviction que les femmes sont des êtres miraculés, bénis, dignes de foi, et que leur sexe irradie de lumière sanglante entre leurs cuisses, tel un Sacré-Cœur.

DEUX VISAGES

Les yeux clos, je revois les délicats édens poussés dans le givre des vitres. Les guirlandes lumineuses tressées aux balustrades enneigées, au temps des fêtes, pour célébrer la naissance d'un enfant-dieu. La flamme sanglante du brûleur qui rougeoyait par le hublot de la chaudière à mazout et qui projetait sur les murs les lueurs de l'éternelle crémation des âmes. Les perruques de notre mère confectionnées avec des cheveux de Philippines tuées pendant la guerre. Nos chaussettes qu'elle rapiéçait avec de la peau d'anguille. Les grillons que notre père emprisonnait dans une boule à thé, qui crissaient la nuit sous son oreiller. Le voisin miséreux qui cousait des boutons de sucre de pomme à sa vieille pelisse de pékan et qui les suçotait au printemps. Les arabesques des liserons, ces fleurs étrangleuses de fleurs, dont les tiges folles rampaient vers les pivoines pour les tuer – ces pivoines que nous vaporisions de jus de tabac pour les sauver des pucerons.

À cette époque, je courais souvent à toute vitesse pour distancer mes pensées, puis je me retournais brusquement dans l'espoir de les apercevoir. Et ma sœur Françoise et moi nous balancions sur nos escarpolettes, croquant des tiges de rhubarbe givrées de cassonade et nous étourdissant de questions : Y a-t-il toujours quelque chose de plus petit que la plus petite chose ; de plus grand que la plus grande chose ? Notre maison de Sainte-Rose-de-Lima, ni grande ni petite, trônait-elle au beau milieu des choses grandes et petites ?

Je ferme les paupières et me revois, un soir d'août, assis en Indien dans l'herbe avec un seau d'eau et une botte de carottes, guettant naïvement les licornes, centaures et chevaux ailés, parmi les cornements d'un train qui martelait le pont de fer de la rivière des Mille Îles.

Soudain, pieds nus dans la fraîcheur du soir, ma grande sœur avait paru près de moi.

« Le serein tombe, ah, ça y est, le serein est tombé. »

Ployant les genoux pour se mettre à ma hauteur, elle m'avait montré du doigt un coin du firmament : « Regarde bien, par là… » Au bout d'un moment, à la vue d'une étoile filante, j'avais fait un vœu, et l'instant d'après un flamboiement jaillissait à fleur de terre, comme une girandole tombée des cieux avec les perséides, mais c'est une torche vivante qui nous avait filé entre les mollets – un gros chat en flammes, immolé par des garçons du voisinage. L'animal avait traversé le jardin comme une flèche ardente pour aller brûler dans les framboisiers, dans un cri prolongé, déchirant, pendant que des voix à peine muées s'éloignaient dans la rue en cascades de rires. Sur quoi ma sœur avait saisi le seau pour aller arroser le chat à grande eau. Moi, resté loin derrière elle avec la peur au ventre, reniflant des odeurs de pétrole lampant, j'avais fait pipi dans ma culotte. Après avoir enterré le cadavre fumant sous les arbres à l'aide d'une bêche, ma sœur m'avait savonné en silence dans la baignoire à pieds de griffon, avait nettoyé mes vêtements en cachette de nos parents, puis elle m'avait fait enfiler mon pyjama et mis au lit en m'effleurant le front d'un baiser.

Cette nuit-là, revoyant vaciller le nimbe doré des flammes parmi les tiges et les herbes, j'avais fait des cauchemars et m'étais réveillé trempé de sueur, promenant mes regards effrayés sur les pégases du papier mural. Pris de spasmes de l'estomac, j'avais régurgité des glaires et ma sœur m'avait lavé et consolé de nouveau : « Pleure pas, l'âme du chat est montée au ciel. » À ces mots j'avais tourné les yeux vers la lune qui jouait à travers un carreau, l'astre des loups accroché comme un nid de guêpes dans les branches d'un cerisier, puis, le visage enveloppé par la lueur de la veilleuse, Françoise m'avait promis que, si je me rendormais sagement, elle reviendrait pendant la nuit pour capturer dans mon filet à papillons toutes les lettres *z* qui s'échapperaient dans l'air, avec mon souffle, par mes lèvres entrouvertes.

Le matin, à mon réveil, j'avais trouvé, pêle-mêle sur ma table de chevet, une dizaine de petits *z* découpés dans des feuilles de carton, et le soir venu nous nous balancions dans le jardin, Françoise et moi, comme si de rien n'était, croquant des rhubarbes au sucre, nous demandant si les pommes ont un équateur, si nos lèvres sont gonflées de jus de pruneau, si les saules pleureurs meurent de chagrin, s'il y a vraiment de l'eau jusqu'au fond de la mer, mais le chat flambant de la veille agonisait sous toutes mes pensées et j'écoutais battre à mes tempes mon nouveau cœur à deux visages, troublé, meurtri, sous le vol saccadé des chauves-souris, parmi les grillons, tous mes *z* en poche, fouettant la lune de mes jambes maigres au beau milieu des choses grandes et petites, à mi-chemin entre les deux infinis, à Sainte-Rose-de-Lima, mon vœu oublié.

L'OISEAU-TONNERRE

Quand j'étais tout jeune et tout neuf, mes parents prenaient congé de moi l'été et m'expédiaient aux confins des terres habitées, dans les coteaux perdus de Sénécoupé, où je pouvais m'épivarder à mon goût, chez mes grands-parents maternels, cette paire d'hurluberlus prénommés, incroyable mais vrai, Prudence et Méthode – Prudence Gideon, la métisse qui s'était mariée enceinte ; et Méthode Vandal, un ventru au visage boucané de qui j'ai hérité mon physique ingrat et mes oreilles décollées. Je retrouvais là-bas une flopée de cousins et nous jouions à découvrir les sources du Mississippi au bout des ruisseaux, nous revivions les guerres iroquoises, les aventures de Radisson à la baie d'Hudson – et je me faisais orgueilleusement appeler Pierre-Esprit. Nous pêchions le touladi à l'aube et à la brunante, chassions les canards à la fronde, et je revois les colimaçons et les punaises d'eau entre les ajoncs, les ouaouarons bleus dans les miasmes, parmi des bruits de purée qui bout.

Ma plus lointaine mémoire de ma grand-mère est une scène de cuisine où, parmi ses fameuses « tartes au suc », elle remue une bassine de marmelade de cormes, ces petits fruits acerbes qu'elle faisait blettir sur la paille avant de les cuire. Elle nous régalait aussi de jus de bleuet et de clafoutis aux poires d'amélanchier. Et le plus ancien souvenir que je conserve de mon grand-père me le montre enfoncé jusqu'aux hanches dans la rivière, auprès d'un cheval blanc aux yeux doux. À l'endroit où l'eau avait touché le ventre de la bête, mon grand-père avait fiché un pieu dans le lit du cours d'eau, déclarant : « En deçà du piquet, la rivière est à moi ; au-delà, elle appartient aux bandits du gouvernement. » Moi, tout fortuné, j'étais le « petit venimeux » de mon grand-père, puisque, disait-il avec respect, j'avais « du front tout le tour de la tête ».

Une fois, j'avais passé la veille de la Saint-Jean à aider mon grand-père Méthode à pavoiser les poteaux de téléphone des chemins d'alentour. Faute de lis royaux, nous confectionnions des bouquets d'iris indigènes tachetés d'épervières pour symboliser le sang versé des patriotes de 1837 révoltés contre les Britanniques. Mon grand-père pilotait son pick-up de poteau en poteau, et moi sur la plateforme je m'ensevelissais sous les fleurs avec son chien Gustave. « Les chiens n'ont pas de puces, ce sont les puces qui ont des chiens », avait dit mon grand-père pour me faire rire, puis, vers six heures, écrasés de soleil, nous avions sauté dans la rivière. Gustave se désaltérait à grands coups de langue et happait au vol les taons à orignal. Après la baignade, il s'était ébroué sur les rochers, vaporisant l'eau de la rivière qui l'avait auréolé d'un brouillard lumineux. Le soleil jouait dans cette pluie fine et un petit arc-en-ciel était apparu autour du chien. Plus tard, j'avais débarrassé sa fourrure des têtes épineuses de bardane, puis, le soir de ce beau jour, un ivrogne avait écrasé Gustave sur la route pavoisée. De la chair, du pelage et des débris de viscères et d'os sont restés longtemps incrustés dans la chaussée, et le sang du chien y a fait des taches indélébiles.

Attristé par le chagrin de mon grand-père, j'avais eu le lendemain la folie de fabriquer un chien tout pareil à Gustave – mais j'avais eu la sagesse de commencer par la genèse d'une simple fleur. Avec des cure-pipes et du papier, j'avais confectionné une espèce de primerose, puis, pour infiltrer la vie dans cette fleur artificielle, j'avais fait des gestes magiques et vaporisé sur elle du parfum de ma grand-mère Prudence. Mais l'inertie de la matière avait persisté. Enflammé par cet échec, j'avais ensuite modelé un rouge-gorge en pâte à tartes, piqué de plumes de poule. Des vrilles de vigne sauvage imitaient les pattes griffues ; deux têtes d'épingle, les yeux brillants ; un capuchon de crayon feutre, le bec. Mais les gazouillis et les piaillements ? Par quel prodige logeait-on ces chants dans l'oiseau ? En désespoir de cause, j'avais découpé un tapis à longs poils et cousu gauchement les morceaux pour former un prototype de chien. Ensuite j'avais bourré ce mannequin de suif, d'os et d'abats de volaille grappillés dans les poubelles, puis j'avais agité cette fricassée pour créer un chaos fertile, mais la résurrection de Gustave n'avait pas eu lieu et l'énigme ultime demeurait : comment s'y prenait-on pour insuffler une âme dans une poupée de viande ?

Un autre été, comme la vie me dessillait doucement les yeux, j'avais eu l'impression de redécouvrir ces lieux lointains où, après des années d'aveuglement, je marchais enfin dans l'univers de ma mère. Je pensais : « Ces croquias lui écorchaient les jambes, ces fraises lui tachaient les dents et les culottes. » Je m'imaginais un bout de fillette qui cabriolait dans les brûlis et les champs, entre les grands cierges mauves des salicaires, puis j'allais me recueillir derrière le poulailler, sur la tombe de Petit-Bonhomme, le chat adoré de ma mère enfant, qu'on avait enterré là jadis, dans un étui à violon, avec des poussins crevés.

Cernés par un horizon où se découpaient les dentelures des épinettes, mes grands-parents Vandal vivaient dans les fardoches, perdus dans un royaume d'herbes à puce et de brûlots, un coin de pays malvenu où l'on trouvait des perce-oreilles jusque dans son lit, mais où la nuit nous offrait un firmament de cristal. Ces nuits-là, parmi les insectes qui faisaient bruire leurs élytres, mon grand-père Méthode organisait des concours de rots. Les pieds dans le feu et le menton en galoche dans les astres, il sonnait la charge et, multipliées par les échos, de formidables éructations d'aïeul ébranlaient les étoiles. Attirées par ces fracas, des voisines surgies des ténèbres venaient griller des barbotes sur les tisons. L'une d'elles, Fatima, avait un bec-de-lièvre et les cheveux roux. Un « monstre à la tignasse de sang », maugréait ma grand-mère, une « petite gueuse conçue pendant les époques de sa mère ». Un soir, mes cousins et moi avions baissé la jupe de Fatima pour reluquer sa queue de lapin, mais nous nous étions illusionnés sur cet appendice. Nous avions tout de même profité de ce déculottage pour exhiber nos chères parties honteuses.

« C'est quoi les noix qu'on a là, sous la bizoune ?

– Les amygdales, je pense.

– Quand on se fait enlever les amygdales, on devient une fille ? »

C'est alors qu'un cousin plus avisé nous a révélé le sort qui nous guettait : « C'est pas des amygdales, c'est des testicules pleins de poison qui font tomber les cheveux et qui vont nous tuer avant les filles. » Voilà comment j'ai appris que j'avais un diamant à l'éclat mortel dans mes bijoux de famille, mais au même moment les fourrés ont craqué. « Un ours ! Un ours ! » Nous avons détalé en sautillant, les genoux entravés par les culottes à mi-jambes, mais l'ours imaginé n'était autre que notre grand-père qui, arborant son collier de mâchoires d'opossums, s'en allait pêcher ou chasser au fond des bois. Nous tentions parfois de le suivre dans ses équipées, mais le sapinage nous retenait en arrière et les rivières s'engouffraient en spirales dans nos bottes de pluie.

À son retour, quand il étripait ses proies, nous nous pressions autour de lui et fixions du regard le couteau étincelant qui éventrait les poissons, puis toutes les couleurs jaillissaient dans le papier journal, dans l'orgie des ouïes écarlates.

« Le dedans des êtres, nous expliquait-il, c'est la vérité crue, c'est toute la vie stupide des organes que le bon Dieu a toujours voulu cacher aux hommes. »

Il remuait les entrailles des animaux sacrifiés, et ce rite païen me semblait une nouvelle révélation de la chair.

Entre ses soûleries et ses chasses, mon grand-père Méthode mettait à profit sa science de la pharmacopée traditionnelle : il abattait siffleux et mouffettes, dont le suif enrichi de miel, de dents de cheval grillées et de mulots hachés lui servait à concocter une pommade contre la calvitie et un onguent contre le prurit, les crêtes-de-coq et le chancre de pipe. Et puis il savait bien de quel bois se chauffent les hommes et misait sur tous les tableaux en préparant des aphrodisiaques avec des pénis rôtis de coyotes ; une potion contraceptive à base de testicules de castor bouillis ; et un remède abortif, son fameux « pis-aller pour femmes furieuses », un décocté d'aiguilles d'if comme antidote à la vie rampante.

* * *

L'été, les jours orageux, l'éclair là-bas s'abattait parfois au milieu des troupeaux, et des bêtes crevaient de fulgurations, comme un jour la vache préférée des voisins de nos grands-parents, la meneuse, la belle Cornemuse qui avait été baptisée ainsi à cause de son splendide pis à longues tettes.

Une autre fois, l'éclair a frappé une croix de chemin, fracassant le christ de bois, ce qui a provoqué une vague de mortifications et d'actes de contrition dans la région, sous prétexte que saint Jean avait écrit dans son Évangile : *Pas un os ne lui sera brisé.*

Un autre jour pluvieux, Fatima a décrété que j'avais besoin de chirurgie plastique, comme elle, et elle a voulu coudre mes affreuses oreilles à la peau du crâne pour les aplatir. Fourrageant en cachette dans le panier de couture de ma grand-mère, Fatima a trouvé du fil couleur chair qu'elle a mouillé de salive, puis elle a enfilé une aiguille et me l'a plantée dans le pavillon, mais, quand j'ai vu un peu de mon sang sur ses doigts, j'ai hurlé et ma grand-mère a vite accouru.

« Qu'est-ce que vous faites là, mes p'tits choléras ?

– Je voulais être beau, j'ai les oreilles décollées.

– T'es pas si laid que ça, voyons ! T'as les oreilles de ton grand-père, c'est tout. »

C'était une si maigre consolation que le lendemain je m'écorchais les lèvres avec un rasoir pour les vidanger des purulences qui les boursouflaient, mais j'ai lâché de nouveaux cris à la vue du sang dans le lavabo. « J'ai des babines de bœuf ! » sanglotais-je, mais cette fois ma grand-mère m'a étampé une fleur à cinq doigts sur les fesses pour me faire passer l'envie de me mutiler.

Peu après, en pénitence dans la véranda, j'ai vu le soleil transparaître à travers les nuages, au milieu d'une ondée, et les carreaux ruisselants qui encadraient la campagne lumineuse m'ont semblé des aquarelles. Oubliant par enchantement ma douleur au séant, j'étais redevenu heureux.

« Il va y avoir un arc-en-ciel et des mariages de salamandres ! »

Le soir venu, à la lueur d'une étrange veilleuse, auprès d'une flasque remplie de lucioles capturées à l'aide du vieux voile de mariée de ma grand-mère, j'ai murmuré une prière :

« Quand je serai grand, maman, papa, je vous ferai honneur : je serai meilleur voleur que grand-papa, meilleur braconnier, meilleur menteur, meilleur ivrogne. »

Malgré sa verdeur proverbiale, notre grand-père n'en avait plus pour longtemps à hanter la brousse. Une nuit de l'hiver suivant, pris de boisson, il s'est écroulé dans la neige derrière l'église. Au matin, on l'a ramassé au plus mal, mais il a survécu grâce à sa constitution d'homme de peine, à sa toque de loutre à oreillettes et à sa canadienne doublée de fourrure de lynx – son beau « capot de chat ». On a tout de même dû trancher dans le vif sa jambe droite nécrosée, de sorte que nous ne verrions plus gigoter, par les mangeures de ses bas, ses orteils cloqués d'œils-de-perdrix. Invalidé mais non débilité, mon grand-père a abandonné la chasse et la pêche pour se joindre au petit commerce, aussi m'a-t-il demandé un jour de clouer un panonceau sur un arbre.

À VENDRE
Liqueur de cerises à cochons
Bière d'épinette
Tartes au suc
Confitures et marinades
Lotion miracle contre les chauves
et autres infections

* * *

Entre deux bêtises de son mari, ma grand-mère Prudence vaquait à ses tâches, jusqu'à s'effondrer de fatigue à force de soulager à distance les rages de dents, les encéphalites, les crampes menstruelles et les entérites. Elle jugulait aussi les hémorragies – « Prudence arrête le sang », disait-on d'elle –, voire la tremblante du mouton, le charbon du porc, le farcin du cheval. Partout le bruit courait qu'elle avait un jour ressuscité un bœuf mort d'avoir brouté des clous rouillés. Ce don surnaturel l'obligeait à dépenser toutes ses forces pour guérir les malades qui lui téléphonaient jour et nuit, et quand elle s'écroulait, les yeux chavirés, elle délirait.

« Les corneilles veulent me crever les yeux… Les taureaux se lèvent comme des hommes soûls… Oh ! un enfant brûle dans la cheminée !… »

On la giflait et elle revenait à elle pour réclamer l'indulgence des saints dans ses confiteor : « Ah, mon buis, je veux mon buis. » Je courais chercher le brin de buis béni le jour des Rameaux, qui trempait dans le bénitier domestique, et à la manière d'un exorciste j'aspergeais ma grand-mère d'eau sainte. « Mes médailles ! Mon rosaire ! » J'allais quérir les amulettes dans un baguier en bois de rose ; puis le chapelet fait de noyaux de cerise pour les *Ave*, de noyaux de prune pour les *Pater* ; et ma grand-mère s'apaisait en serrant la croix tréflée contre son cœur, en dévidant son rosaire et en baisant ses médailles de la Vierge.

« Ô bonne sainte Anne, priez pour nous… »

Guérisseuse mais toujours au bout du rouleau, cette étrange métisse avait un troisième œil dans le trou occipital, affirmait-elle, ce qui lui permettait de voir – outre le présent et l'avenir par-devant – le passé par-derrière. Et puis elle cachait dans le soufflet d'un accordéon un collier de gros calculs biliaires, les siens, collier qui soulageait les élancements des bébés qui perçaient leurs dents.

Un jour, ma grand-mère Prudence m'a offert un capteur de rêves – un entrelacement de babiche d'orignal monté sur un cerceau de frêne blanc et orné de plumes de balbuzard – et un bâton à exploits à tête d'Oiseau-Tonnerre.

« La nuit, ton capteur emprisonnera tes rêves, et le matin les rayons du soleil brûleront tes cauchemars dans la toile, alors que les bons rêves glisseront vers toi sur les plumes. Et le jour tu veilleras sur les tiens avec ton bâton à exploits. »

Le soir venu, reconnaissant envers ma grand-mère qui, croyais-je, s'était mariée « en sainte » et qui avait dû me transmettre des pouvoirs miraculeux, j'ai accroché dans mes rideaux l'ustensile ancestral qui valait mieux qu'un panier en foin d'odeur ou qu'un wampum, la ceinture de coquillages. J'avais bon espoir d'attraper, outre des âmes en peine, d'anciens rêves de jeune fille que ma mère avait oubliés dans cette chambre, et j'aimais à penser qu'avec mon capteur de rêves je tamiserais toutes les ténèbres pour n'en garder que la fine fleur.

Le matin venu, la lumière entrait dans ma chambre, mais le capteur de rêves était désespérément vide. Seule pendait du plafond la spirale de papier tue-mouches toute poissée d'insectes écœurants.

Déçu, j'allais me rendormir quand une bécassine des marais, qui avait pris les reflets de l'aurore sur la vitre pour la surface chatoyante d'un étang, s'est écrasée contre la fenêtre. Le bruit m'a fait tressauter, puis je me suis levé pour hausser le châssis à guillotine, et penché au-dessus du vide j'ai vu la bécassine rendre l'âme dans l'herbe après d'ultimes battements d'ailes, comme la mécanique cassée d'un jouet d'enfant.

« C'est le Saint-Esprit, me disais-je, il est venu se tuer ici. »

Sur quoi je suis sorti en tapinois pour aller enterrer le Saint-Esprit derrière le poulailler à l'aide d'une houlette à oignons, auprès du chat Petit-Bonhomme et des poussins.

* * *

Tous les dimanches d'été, au milieu des résonances métalliques des cloches qui dansaient derrière les abat-sons, j'allais à la messe au village avec ma grand-mère Prudence. Nous passions sous un grand Jésus bénisseur tout blanchi d'excréments d'oiseaux que je prenais pour des fientes d'archanges, puis nous entrions dans l'église où l'eau consacrée frémissait dans les bénitiers de faux albâtre en forme de Saint-Graal. Les gouttes de feu des lampions vacillaient dans les godets couleur sang, des vieillards cassés méditaient dans la pénombre, les évangéliaires fleuraient bon l'encre fraîche, le soleil filtrait à travers les couleurs liquides des vitraux et tombait en gerbe de rayons sur les nuques ployées. À mes côtés ma grand-mère priait, les yeux clos et les lèvres remuantes, agenouillée sous une grande Vierge bleue au nimbe d'or constellé d'étoiles, qui inspirait aux enfants une terreur sacrée.

Un dimanche, pendant la messe, une hirondelle a pénétré dans l'église et s'est perchée sur un prie-Dieu. Désinvolte comme dans un pré, l'oiseau lâchait de brefs cris tout en lissant ses plumes, et j'ai cru reconnaître le Saint-Esprit ressuscité, sorti de sa tombe derrière le poulailler. Au bout d'un moment l'hirondelle s'est envolée vers les tribunes et s'est installée dans un tuyau d'orgue où elle a fait son nid. Les jours suivants, on a ouvert des carreaux pour faciliter ses allées et venues, on l'a laissée se baigner dans les bénitiers et on a affecté le sacristain à ses petits dégâts. Plus tard, après l'éclosion des œufs, les oisillons ont pris leur essor en se glissant, comme des notes de musique, entre la lèvre et le biseau du tuyau à embouchure de flûte.

Un autre dimanche, je me suis assoupi sous les marmottements du curé et les bourdonnements des fidèles, puis j'ai fait un songe peuplé de vieillards nus à têtes de cheval, de porc et de vache, troupeau de minotaures qui se ruaient sur moi pour m'égorger. Quand j'ai vu mon sang mousser comme du lait rouge dans un Graal d'albâtre, je me suis réveillé tout étranglé de mon cauchemar et j'ai aperçu, se balançant entre les têtes, la silhouette gesticulante du curé qui fulminait son homélie contre les pécheurs :

« Le chien retourne à son vomissement ! La truie à peine lavée se roule dans ses souillures ! »

Je me suis redressé en me frottant les yeux, encore troublé par mon rêve, et j'ai essayé de prier, mais j'entrouvrais sans cesse un œil pour examiner mes doigts noués. Quelque chose clochait ; ma foi et celle des autres ne coïncidaient pas. Quand les fidèles se sont agenouillés pour la consécration des espèces, j'ai lorgné tous ces visages recueillis qui avaient intériorisé de vastes vues qui les unissaient dans l'adoration du monde, mais à mes yeux le bon Dieu était un être insensible.

« La preuve, pensais-je, c'est qu'il est éternel. »

Et je frémissais au pied de la Vierge qui régnait sur la nef du haut de sa pitié froide, certain que Dieu vivrait toujours malgré tout, que rien ne le tuerait jamais de chagrin, pas même la tristesse et le désespoir des malheureux, pas même la souffrance des malades et des innocents.

* * *

Par un dimanche d'août, après la messe, la veille de mon retour à Montréal, j'ai emmené Fatima courir dans les blés où nous avons fait voler un cerf-volant. Les yeux de Fatima, gracieuse dans sa courte robe fleurie, luisaient comme des boutons de bretelles, et j'admirais ses petits genoux dorés quand la corde a cassé. Libre et fou, le cerf-volant a disparu au-dessus des bois, mais Fatima et moi nous consolions à l'idée que d'autres enfants retrouveraient notre cerf-volant collé comme un timbre-poste sous un nuage de pluie. Puis, un brin de mil entre les dents, nous avons dévalé les collines, emportés par la joie d'être ensemble. Plus loin, aux abords d'une tourbière, nous avons nourri une sarracénie en noyant des mouches et des mille-pattes dans l'eau glauque au fond des feuilles en forme de petites aiguières, puis j'ai dit : « Les mille-pattes ont quarante-deux pattes, je les ai comptées. » Nous avons dégusté des baies de plaquebière et j'ai expliqué à Fatima comment mon pauvre grand-père, maintenant si mal jambé, saignait les épinettes qui suintaient d'épaisses larmes de gemme au long des blessures.

Cent pieds après, au pied d'un mamelon où le roc affleurait, nous nous sommes agenouillés à l'orée de la forêt, à l'endroit où, sous une pierre brillante, dans un creux de gravier entouré d'herbes, sourdait une source chantante – des eaux magiques qui passaient pour posséder les vertus d'un philtre –, la source du Fauve, ainsi nommée parce qu'on y avait vu, un soir, un couguar s'y abreuver. Épouvantée par le mystère des lieux et se croyant menacée d'être dévorée, Fatima s'est blottie contre moi en geignant de peur. M'efforçant de rester brave comme mon grand-père, j'ai enlacé mon amie et j'ai senti sur mes mains la douceur de ses cheveux roux, dans mon cou la chaleur mouillée de son souffle angoissé. Pris d'étourderie et envoûté par le philtre, je lui ai planté un baiser entre le nez et le menton, droit sur le bec-de-lièvre qui m'a chatouillé la bouche comme de l'électricité, et Fatima a fermé les yeux malgré les hurlements qu'elle s'imaginait entendre au fond des bois.

Au retour, Fatima et moi avons dirigé nos pas vers un sentier bordé de vergerettes, où nous sommes tombés sur les pistes d'un chien qui nous ont semblé les empreintes du couguar, puis nous avons fui de toute la force de nos jambes, à travers des nuées de sauterelles, vers les maisons qu'on distinguait à peine au loin, égrenées sur le dernier coteau de l'horizon.

Le soir de ce jour-là, un voisin nous a emmenés, mon grand-père et moi, voir le fleuve en pick-up. Le soleil y mourait au bout de son sang, pendant que les vagues poussaient sur la grève le bois flotté, et c'est alors que j'ai découvert dans les galets une agate colorée, belle comme un fragment des anneaux de Saturne. Un œuf de tonnerre, disait ma grand-mère Prudence. Mélancolique et amoureux, j'ai eu envie d'offrir cette agate à Fatima en souvenir de notre baiser électrique, de notre troublant dimanche et de nos secrets faits de vie et de mort mêlées, mais le lendemain je suis reparti pour la ville sans l'avoir revue.

Une semaine plus tard, à la rentrée des classes, je m'engouffrais dans une école où j'entreprendrais le second cycle des études secondaires, un bunker aveugle où couraient dans les murs les gastro-entérites, où se heurtaient brutalement toutes les fragiles petites sociétés d'élèves issues des autres districts. Des mois obscurs et silencieux se sont ensuivis, où des métamorphoses me voûteraient l'échine et me feraient des bras maigres, trop longs, et une grosse tête de bébé grandi trop vite. Affublé d'une carcasse que j'abhorrais au-delà de toute expression, je me savais la proie de forces qui dépassaient les miennes, mais ma pensée, fuyante comme le vent, traversait les murs d'os et de chair de mon corps, aussi vivais-je beaucoup par l'esprit, dans un univers fantasmé où brillait le souvenir de ma petite Fatima du bout du monde.

* * *

L'été suivant, j'étais de retour chez mes grands-parents Vandal, vieilli, changé, la voix muée. Un long cheveu décoloré m'avait poussé sur le lobe de l'oreille droite, un cheveu atavique d'Indien. Je ne cessais de parler de Fatima qui ne se montrait pas, et j'ai appris qu'on l'avait opérée du bec-de-lièvre.

Quelques jours plus tard, n'y tenant plus, j'ai couru jusque chez elle. Au bout du chemin de terre criblé de nids de fourmis, au milieu des églantiers et des bataillons de verges d'or, est apparue une masure recouverte de papier goudronné. Sur le perron se trouvait une banquette de camion éventrée qui laissait pendre de la bourre par les lacérations. En ruine près d'un carré de labour, une vieille Ford Meteor pourrissait dans les chardons. Trois enfants malpropres, les jambes zébrées d'égratignures, jouaient dans une mare de boue avec des bâtons et me regardaient par en dessous ; deux autres lapidaient un crapaud réfugié sous la citerne de mazout. De la lessive flottait au vent, sous les nuages moutonnants. D'énormes cocons filandreux gangrenaient des branches d'arbre ; un peloton de guêpes bourdonnait dans les effritements du mortier, entre les briques de la cheminée ; et toute la bicoque grouillait de milliers de chenilles noires. Les murs semblaient vivants, organiques, visqueux. Une femme a alors poussé la porte-moustiquaire, une maigrichonne vêtue d'une longue jupe. Des chats ont bondi dehors et la femme a nettoyé le seuil d'un coup de balai qui a projeté un foisonnement de chenilles dans l'herbe.

« C'est rien, c'est une épidémie. »

J'ai gravi les marches sur la pointe des pieds, le cœur révulsé, et j'ai pénétré dans la maison où flottaient des remugles de lait suri, de graisse de cuisson et de chou bouilli.

« J'aimerais voir Fatima.

– Plus tard », m'a répondu la mère de mon amie, puis elle m'a fait passer dans une pièce encombrée d'objets ésotériques, parmi des rideaux d'amulettes et d'anneaux constellés accrochés au plafond.

« Je vais lire ton avenir, garçon. Mieux vaut savoir ce qui nous pend au bout du nez. »

Je me suis assis dans un fauteuil et j'ai cru entendre les vagissements d'un bébé sous les combles, mais aussitôt la mère de Fatima m'a fait ouvrir la main gauche sur sa table de divination. Après avoir étudié les rides gravées dans ma paume, elle m'a parlé de la ligne de vie – celle qui découpe le pouce et lui donne l'aspect d'un tout petit jambon –, de la saturnienne, des volutes du mont de Jupiter et de la crevasse du mauvais œil, puis elle m'a prédit pour bientôt un cancer du sang. À ces mots je me suis relevé d'un bond et je lui aurais fendu le foie d'un coup de pied, mais j'ai grommelé entre mes dents que je voulais voir Fatima.

« Elle ne vit plus ici, je l'ai vendue, tu ne la reverras jamais. »

J'ai déguerpi en bousculant tout sur mon passage et j'ai failli arracher de ses charnières la porte-moustiquaire. Fou de rage, j'avais envie de massacrer quelqu'un, n'importe qui, et sur le chemin de terre j'ai croisé un garçon qui pouvait avoir douze ans. Je l'ai saisi brusquement aux épaules pour lui broyer les os, mais c'était un des frères de Fatima et je me suis ressaisi.

« Ta mère m'a dit que Fatima est partie. C'est vrai ?

– Non. Fatima est ici, mais je sais pas où elle est aujourd'hui.

– Vous l'avez pas vendue ?

– Ben non ! Qui t'a dit ça ?

– Bon, écoute-moi bien : quand tu la verras, dis-lui que je veux la voir et remets-lui ça de ma part... (J'ai fouillé une poche de mes shorts et j'en ai tiré la belle agate colorée, puis :) C'est pour elle, c'est un cadeau, et tu lui diras que je l'aime. »

En achevant ces mots, j'ai détalé sans me retourner et je n'ai pas la moindre idée des pensées qui ont pu transparaître à travers le visage du garçon. Il reste que je n'ai plus jamais revu la flamme vive de la chevelure de Fatima, comme sa mère l'avait prophétisé dans la maison aux chenilles.

Fatima Belzile, sauvagesse des champs et des bois, ma petite rouquine des coteaux perdus de Sénécoupé, ton ombre sacrée erre entre les cornouillers, dans la lumière de ma mémoire, mais les années ne sont rien et je te protège de loin en brandissant mon vieux bâton à exploits, comme un éclair au poing, la foudre d'un dieu exterminateur. Entends-tu le cri de l'Oiseau-Tonnerre ?

LE QUADRILLE
À MAMAN MAÏS

Impatient de bouleverser les foules désorientées, Jeannot Guillemette brûlait de voir sa vie devenir une affaire de grande conséquence, aux ramifications et aux inflorescences nouvelles. Espérant que ses actes préfigureraient le monde futur qu'il souhaitait voir advenir, un monde lavé des injustices, du malheur et de la souffrance, il aurait voulu jeter des charmes à poignées, mais le froid le figeait sur place. Aussi passa-t-il les premiers jours de sa fugue à souffler dans ses doigts et à battre la semelle sous une arche du pont Viau, calfeutré dans son parka, au bord de la rivière des Prairies.

« C'est peut-être toujours comme ça, soupira-t-il. On croit que des choses vont arriver, mais ce sont d'autres choses qui arrivent. »

* * *

Une nuit où les étoiles scintillaient comme des révélations, Jeannot Guillemette s'était su fin prêt à quitter la chaleur de son foyer et il avait laissé errer ses yeux sur les murs de sa chambre pour intérioriser l'esprit des lieux.

« Ça y est, c'est ça, c'est arrivé, ça m'arrive. »

Se glissant ensuite à travers la maison, il avait aperçu par l'entrebâillement d'une porte les corps endormis de ses parents. Il leur avait fait de silencieux adieux, puis, pris de vertige devant sa nouvelle vie épique qui prenait enfin tournure, il s'était habillé chaudement pour s'élancer dans la nuit et trancher ses attaches. Des voix l'appelaient au loin, il les avait entendues en mettant le pied dehors. C'étaient les lamentations des béquillards et des déclassés, les cris de détresse des suicidaires, des prostituées et des mendiants mangés de vermine.

* * *

Couché en fœtus par terre, Jeannot voyait briller sur l'autre rive les lumières de son quartier natal de Pont-Viau et il s'imaginait sa rue Jubinville aux petites maisons chaudes semées dans la nuit. Sa mère et son père lui manquaient, mais il ne ferait pas marche arrière : dans le renoncement à soi-même, il avait sacrifié ses parents, sa terre natale et son enfance en tribut à l'amour des malheureux, et il avait fait vœu de cette nouvelle pauvreté pour suivre son étoile.

Sachant qu'il ne dormirait pas, Jeannot se mit debout pour se réchauffer et désengourdir ses mains jeteuses de sorts, puis il remonta ses lunettes sur son nez et s'en alla vagabonder dans le quartier Ahuntsic, où il arpenta des avenues bordées d'arbres centenaires et de somptueuses demeures qui se miraient dans la rivière avec la lune variolée. Enveloppé jalousement dans la nuit, ce quartier paraissait à l'abri des fléaux. Jeannot vaguait dans un rêve où les cheminées fumaient dans les étoiles, où les flammes des foyers jetaient des reflets dans les draperies – mais ces ondoiements n'étaient que le voile des apparences, pensait-il, et dans ces prisons dorées les pauvres riches devaient se consumer de tristesse au coin du feu, crevés d'argent, mais il acceptait de souffrir du froid, de la faim et de la solitude pour leur salut. Et puis il rêvait de leur enseigner le bonheur, « le seul, le vrai », pensait-il, le bonheur immatériel. Malgré les écriteaux PRENEZ GARDE AU CHIEN, il allongeait le cou pour scruter l'intérieur des résidences, à l'affût d'un richard pendu à un lustre, d'une bourgeoise aux poignets tailladés, ligotée de perles, à l'agonie au pied de sa psyché.

Vers une heure du matin, Jeannot tomba enfin sur une maison où, par une fenêtre illuminée, il crut voir deux silhouettes se balancer comme des pendus, mais les rideaux frissonnèrent et les ombres s'effacèrent. Troublé par l'inquiétude, il décida de s'asseoir un moment sur le bord du trottoir pour veiller sur ces gens. Un œil étincelait de temps en temps par une fente dans les ondulations des rideaux, un quart d'heure plus tard la porte d'entrée s'ouvrit et un homme s'avança sur le dallage de l'allée. Chaussé de pantoufles de mouton et vêtu d'une robe de chambre soyeuse, ce sexagénaire tenait quelque chose entre ses mains. « On ne peut pas t'héberger, lança-t-il, mais on peut te donner ça pour te réchauffer. » Il tendit à Jeannot un plaid de laine. « Et mon épouse t'offre ces gâteries. » Il lui remit un sac de biscuits à la mélasse. « Bonne nuit ! Bonne chance ! » Et l'homme regagna son domicile, où sa femme se montrait maintenant à la fenêtre, tenant croisés bien haut les pans de son peignoir ouatiné. Jeannot en resta déconcerté un moment, puis il se releva, se drapa dans le plaid et s'éloigna lentement. À faible distance de là, il découvrit un parc enténébré, où il dévora ses biscuits.

* * *

Au lever du jour Jeannot quitta le parc et se remit à zigzaguer dans les rues, entortillé dans sa couverture qui puait le chien. Il alla d'abord purifier son visage à même un lavabo plein de peignures et souillé de coulures de rouille, dans les toilettes pisseuses d'une station-service. Ses ablutions faites, il retourna dans le monde où allaient et venaient des hommes cravatés qui, de toute évidence, savaient où ils allaient.

« Savoir où aller, pensait-il, quel bonheur ça doit être ! »

Il ralentissait le pas près des abribus et dévisageait les gens en souriant, un air de douceur dans le regard, mais tous détournaient la tête. Plus loin, à un carrefour, un camionneur mit la tête à la portière et lui cria : « Hé ! le prophète ! Tu fais peur aux corneilles ! »

Jeannot poursuivit son chemin jusqu'aux abords de Cartierville et arriva par hasard au monastère des Sœurs de Miséricorde. Deux religieuses très âgées faisaient une promenade de santé dans le jardin nu de la congrégation, et Jeannot alla droit vers elles.

« Bonjour, mes bonnes sœurs, leur lança-t-il. Je voudrais faire don de cette couverture aux pauvres. »

Il leur remit le plaid hérissé de poils de chien et s'en retourna comme il était venu.

Peu de temps après, Jeannot se retrouva dans une rue commerçante, où il eut l'idée de suivre des passants dans l'espoir de flairer leur infortune. Il talonna des vieillardes claudicantes, des enfants qui trottaient vers l'école, des immigrés qui s'en allaient s'échiner dans les manufactures textiles, mais bientôt les femmes pressèrent leur sac à main contre elles, les enfants échangèrent des murmures, les hommes le foudroyèrent du regard. Il avait beau baisser les yeux, il avait le regard oblique d'un vulgaire voleur à la tire. Agacé par ces malentendus, Jeannot laissa bifurquer les gens qu'il pourchassait pour aller se poster devant un supermarché, à l'affût des épaves. Des heures durant, à la vue d'un visage malingre ou d'une démarche pénible, ou croyant deviner un désespoir qui errait sur les trottoirs, il bondissait à la face de pauvres diables qui s'arrêtaient, ahuris, puis qui valsaient de côté pour passer au large.

Ainsi, au fil de ses déboires, Jeannot s'avisait peu à peu des difficultés de sa mission. Pour s'épancher avec confiance, les malheureux auraient eu besoin de chaleur humaine et d'amitié, comme d'un cœur moelleux où nicher leurs plaintes, mais Jeannot n'était pour eux qu'un vagabond comme les autres. Il lui manquait l'auréole d'un rédempteur, les lauriers d'un héros, la palme des martyrs, jusqu'au simple visage rassurant d'un ami.

Plus tard ce jour-là, alors qu'il se réchauffait dans une pharmacie, apaisé par les remparts de pilules, de sirops et d'onguents, Jeannot se prit à songer à Jésus et se consola à l'idée que même ce démiurge avait dû éprouver les incertitudes paralysantes des commencements. Il se figurait le Christ étendu sur la paille, mal réveillé par l'aiguillon de la onzième heure, épuisé d'avoir sans cesse retardé les miracles qui lui picotaient les mains depuis la crèche.

Comme tous les thaumaturges, Jeannot se sentait le cœur gonflé de sublimités, mais sa vocation au prodige commençait à l'angoisser. Cependant il se dit, rayonnant d'espoir : « Quand j'aurai sauvé de la lapidation une femme adultère, tout ira mieux. »

* * *

C'est en songeant à Jésus-Christ que Jeannot se mit à errer aux alentours du cimetière juif aux premières heures de la nuit ; et c'est en pensant à la femme adultère des Évangiles qu'il tomba nez à nez sur une fleur de macadam qui alléchait les hommes en feignant d'attendre l'autobus aux abords de la station de métro Sauvé. Cette créature était à ses yeux une race de sainte Vierge dépouillée de sa valeur secrète par des détrousseurs de grand chemin et aussitôt Jeannot souhaita la ramener au bercail.

Vue de près, cette femme aux jambes vertigineuses avait la peau couleur café, le nez en fève de Lima, les lèvres charnues et les dents plus blanches que du lait – c'était une Noire dans la nuit qu'on ne pouvait rater. Les grains du ciment grinçaient sous ses talons hauts, ses grands yeux de phosphore luisaient, et des bracelets enfilés sur ses maigres attaches sonnaient comme de la verroterie. Elle portait en sautoir un symbole de vie, une croix d'or ansée ; une gorgone en breloque, son amulette prophylactique ; et un grigri contraceptif, petite poire clinquante pleine de cérumen de mule. Quant à Jeannot, il avait le trac, n'ayant pas l'habitude des femmes, mais il bomba le torse pour avoir l'air d'une espèce d'homme.

« Bonsoir, mademoiselle. Il fait noir cette nuit, hein ?

– Il fait noir comme dans le cul d'un macaque. »

Son accent des îles était charmant et Jeannot la complimenta sur son parler exotique. « J'habite l'île Jésus, dit-elle dérisoirement, je parle le lavallois créolisé. » Et Jeannot laissa échapper un rire nerveux, car les savantes joyeusetés de la jeune femme l'avaient désarçonné.

« Drôle de coïncidence, bredouilla-t-il. Tantôt, je songeais justement à Jésus.

– Tu serais pas un pentecôtiste, par hasard ? lui demanda la jeune femme qui le jaugeait d'un air railleur. As-tu reçu le don des langues pour me dire que je suis malheureuse dans tous les dialectes ? (Puis, s'esclaffant :) Me dis pas que tu veux m'asperger d'eau de désenvoûtement ! Eh ! je suis pas une moukère maraboutée ! »

Jeannot ne comprenait rien à ce qu'elle lui racontait, mais, pour éveiller en elle des sympathies maternelles, il dit qu'il était un mineur au regard de la loi et que, à l'exemple du Christ, il ne jetait jamais la première pierre à personne. Il lui demanda aussi son nom dans l'espoir de tisser des liens sentimentaux.

« Je porte le nom chrétien de Chimène, parce que je suis née dans un fossé au bord du *chimin*, mais appelle-moi Maman Maïs, c'est mon nom d'actrice.

– Moi, c'est Jeannot, comme le lapin, et Guillemette, comme des guillemets. »

Ce disant, il pensait : « Assez jacassé, je dois passer aux actes… » Alors il gonfla sa poitrine et s'enhardit jusqu'à tirer de sa poche sa bille miraculeuse. Chimène recula d'un pas, croyant voir un œil dans la main de Jeannot – avec tous ces psychopathes en liberté, elle avait appris à se méfier de la moindre extravagance –, puis elle se rapprocha pour examiner la bille à la lueur du réverbère et Jeannot put scruter son visage à peine chiffonné. Elle avait des pommettes de petite peste sans gêne, des lèvres dédaigneuses, un regard sur le qui-vive et un menton orgueilleux, creusé comme une prune par un sillon délicieux. Elle soupira de soulagement quand elle distingua une figure riante au cœur de la bille.

« C'est le bonheur immatériel, proféra Jeannot, le remède universel et la clé de tout.

– Je vois, fit Maman Maïs, mais je suis farouche et l'as de pique va te coûter plus cher qu'un sourire.

– Qu'est-ce que vous voulez dire par là ?

– Je fais pas boutique mon cul à plaisir. »

Rougissant de ces équivoques, Jeannot se demanda comment avouer à Chimène qu'il ne désirait pas se perdre dans la béance de ses organes publics, mais bien plutôt sauver son âme en péril.

« Je suis ici pour vous dans votre totalité, risqua-t-il, mais pas pour *ça*. »

Il songeait à une sorte de « ça » dont il avait vaguement entendu parler – le ça freudien –, mais il n'arrivait pas à s'exprimer intelligemment.

« Je suis comme un frère, j'ai les poches vides. »

Désireux de prouver sa pauvreté matérielle, le plus sûr garant de la pureté de ses actes, Jeannot retourna les poches de ses pantalons qui ressemblèrent aux oreilles d'une bourrique, mais une malencontreuse pièce de dix cents, cachée entre deux plis de la doublure, tomba par terre et roula sur sa tranche. Un sourire standard accroché aux lèvres, la jeune femme regarda Jeannot courir en rond après sa pièce de monnaie.

« Pour dix sous, t'auras même pas une caresse de mère, t'es trop jeune pour m'émotionner. Si je te pétais le nez, tu moucherais du lait. »

La plaisanterie avait assez duré et Chimène souhaitait se débarrasser de Jeannot qui, lui, aurait simplement voulu la couvrir galamment de son parka, car elle devait avoir froid, cette pauvre fille venue des tropiques pour s'échouer à l'orée de la toundra. Et il aurait voulu lui faire oublier toutes ces nuits insensées où elle se dépouillait de ses merveilles, ces nuits inféconde qui la laissaient à demi morte dans le scandale de l'aurore, le cœur vide et nu comme un vieux sac à main. Les hommes devaient tous avoir un insatiable appétit pour le corps de cette femme, se disait Jeannot, mais si peu d'affection pour son âme délicate, et c'est pourquoi il souhaitait l'arracher aux profanateurs qui la souillaient de toutes parts.

« J'attends pas l'autobus, lança Chimène, j'attends mon homme pour aller turbiner à l'horizontale, et je préférerais l'attendre toute seule.

– Et si votre homme c'était l'humanité ? »

Ces paroles avaient jailli spontanément de la bouche de Jeannot qui ne savait pas lui-même ce qu'il avait voulu dire par là.

« Impossible, trancha Chimène. L'humanité, c'est juste une idée vache qui se soigne au ratafia. *Aprèzan*, tu vas taire la bouche et me laisser tranquille, j'ai bien assez de mon cul qui me suit partout, sinon j'appelle mon *patnè*, un Sicilien de Saint-Léonard, et je lui dis que tu m'as craché dans les mains ta monnaie de singe. »

Bouche bée, Jeannot admirait Maman Maïs et n'aurait jamais voulu qu'elle se taise, mais soudain, conduite par une ombre, une berline en maraude ralentit à leur hauteur et s'arrêta. Un sourire en coin, Chimène dit à Jeannot : « Nouveau chapitre des aventures de Chouchoune et Koko.

– De quoi ?

– *Koké bon, accouché pa bon.*

– Hein ?

– Baiser c'est bon, mais accoucher ne fait pas du bien. »

Dans le cliquetis de ses bracelets, Chimène se déhancha pour aller s'appuyer contre la portière côté passager, et les pans de sa doudoune s'ouvrirent sur une blouse décolletée jusqu'au nombril, révélant de petits seins rechignés. Le visage du type restait plongé dans l'obscurité, mais Jeannot pouvait observer le jonc doré et les doigts agrippés au volant, puis il entendit les murmures d'un échange de vœux et de tarifs. Une fois le marché conclu, et tout en montant à bord de l'auto, Chimène lança vers Jeannot : « Savais-tu que les nègres sont nés d'un grain de beauté sur l'os à moelle du bon Dieu ? » Elle éclata d'un rire énorme et claqua la portière.

« Attendez ! cria Jeannot. Je veux être votre ami, c'est tout ! »

Il courut dans la rue, faisant des moulinets des deux bras, et Chimène, avant de remonter la vitre de sa portière, eut encore le temps de lui lancer : « Bois tous les jours un peu d'eau de Cologne pour parfumer tes vents ! » Et la berline enleva Chimène dans la nuit montréalaise.

Déçu d'avoir été laissé en plan, Jeannot baissa les bras et botta une canette vide en bougonnant, puis, l'air morfondu, il traversa la rue Berri, escalada la grille du cimetière juif, passa les pointes en fer d'un coup de reins et retomba du côté sacré des morts. Avançant à tâtons entre les tombeaux ornés de menoras et d'étoiles de David, il dénicha un recoin où il logerait à la belle étoile, à l'abri du vent qui secouait les arbres et les câbles électriques, puis il se ramassa frileusement sur le sol pour partager la terre consacrée d'un certain Saül Dubsky, sandwiché entre les familles Cohn et Rosenthal.

« Et c'est quoi, ça, l'os à moelle du bon Dieu ?... »

Un peu de temps passa, puis un train de marchandises s'engagea sur le viaduc de la rue Berri dans un roulement cadencé. Les nuages bas réverbéraient le fracas de la locomotive et des roues d'acier qui évoquait à Jeannot le désespoir des Juifs enterrés sous lui. Dormant de leur dernier sommeil, ces dépouilles semblaient nier sa vie à l'avance en lui signifiant qu'il serait impuissant à assurer le salut des multitudes, et ses mains pleines de miracles avortés lui élancèrent comme jamais auparavant.

Plus tard cette nuit-là, absorbé par un sommeil somnambulique, Jeannot dressa la tête entre les tombeaux et revit la silhouette de Chimène, femme impure et capiteuse qui espérait les hommes sur son bout de trottoir en pleurant mélodieusement ses pays perdus.

J'ai fait moi une robe d'un sac à riz,
Des mocassins d'un bas de couvre-lit,
M'a pas fait veuve, pas fait fille
M'espère pour toi pour le quadrille !...

Revenue hanter les ténèbres pour ses idolâtres qui ne dormaient jamais, Maman Maïs dansait le calypso avec son ombre, sous l'astre froid d'un réverbère, à l'orée d'une nécropole hébraïque, sur la petite musique de nuit de son cœur bon marché, sûre de l'as de pique entre ses cuisses.

J'ai balayé les maisons des chiens
Tu peux les appeler Wasichu

Ça casse ton dos, jamais t'as rien
Ça vole ton cœur et ton bijou…

* * *

À l'aurore, les rugissements des autobus et des camions tirèrent Jeannot d'un sommeil confus. Le cœur soulevé par les nappes de gaz d'échappement qui planaient entre les sépultures, il se redressa lentement, pris d'une forte migraine, puis ses yeux tombèrent sur un graffiti néonazi qui maculait une stèle voisine : *Noël au ghetto ; Pâques à Birkenau.* Ensuite il se leva en titubant, rajusta ses lunettes, se moucha dans ses doigts et alla se réfugier dans le métro.

Une demi-heure plus tard, tenaillé par la faim, il profita d'une accalmie pour trifouiller les poubelles. Parmi les papiers gras et les kleenex chargés, il tâta un trognon de pomme gluant qui le fit bondir de répugnance au moment même où s'engouffrait dans la station une nouvelle vague de voyageurs dégorgés par les autobus.

Emporté par la foule, Jeannot fut rejeté près de la loge des guichetiers où il se dandina dans l'espoir qu'on devinerait ses besoins, mais les passants ne le voyaient pas surnager dans l'écume, en marge de leur monde agité. À bout de ressources, il finit par s'humilier devant ces visages étirés qui défilaient dans la lumière sale des néons, et c'est ainsi qu'il étendit mollement la main pour mendier sa pitance – mais sa jeunesse ne l'autorisait qu'à quêter poliment, ce qui, croyait-il, l'excusait à moitié.

« La charité, monsieur, s'il vous plaît. L'aumône, madame, je vous en prie. »

Le regard fuyant au milieu de la foule qui assiégeait les tourniquets, Jeannot s'attendait à essuyer des injures, mais soudain une pièce de monnaie tomba du ciel, puis une autre, et encore une, si bien que, bientôt, les offrandes tintaient dans sa main. Il avait beau se tortiller en courbettes, le déshonneur le faisait rougir.

« Si ma mère me voyait… »

À ce moment surgit un petit bougre au visage jaspé de purpura. Vêtu d'un manteau de chasse à carreaux, le type avait le nez grenu, la barbe rare et la paupière gauche enflammée par un orgelet.

« Fais de l'air, bâtard ! Les matins sont à moi ! »

Il bouscula Jeannot d'un coup de fesse et s'installa à sa place pour mendier avec aplomb, tendant sous le nez des gens sa tuque aux couleurs des Bruins de Boston. Il était huit heures et les pièces de monnaie pleuvaient comme une nourriture providentielle dans une musicalité consolante, mais il n'y avait pas assez de place à cet endroit pour deux mendiants et Jeannot s'inclina devant ce nécessiteux, son inférieur hiérarchique dans l'échelle de l'indigence, petit homme qui lui venait à peine à la pomme d'Adam, mais qui ne manquait pas de chien.

« Excusez-moi, je vous demande pardon, je savais pas que… »

Tout en reculant de modestie, Jeannot lorgna le bras droit anormalement court et la manche tirebouchonnée du manteau de chasse. À l'évidence, le pauvre homme avait un bras sans main, sectionné à l'articulation du poignet, et Jeannot eut vers lui un élan fraternel, à plus forte raison quand le type s'éclaircit la voix pour scander des poèmes.

« Ô saintes plaies, vous me sacrez d'un sang de femme et m'exaucez, et je suis pur enfin, pur à jamais d'avoir été aimé ! »

La voix vibrante et les yeux brillants, cet amputé savait triturer l'auditoire. Ému, Jeannot s'assit sur le tabouret tournant d'une cabine de photo, puis, honteux d'avoir rogné l'aumône due à cet artiste marginalisé, il compta les fruits de sa mendicité.

Vers dix heures, voyant que le clochard s'apprêtait à s'évaporer dans la nature avec son magot, Jeannot s'élança hors de la cabine de photo. L'apercevant, le vagabond soupesa sa tuque alourdie par les pièces et dit : « La pauvreté, c'est comme le métro : elle a ses employés d'entretien. » Jeannot ne saisit pas la boutade, mais il sourit et louangea le poème sur les saintes plaies.

« J'ai lu ça dans un livre chiant, répondit l'homme, mais j'ai pensé que ce serait payant et je l'ai appris par cœur pour le recracher dans le métro. C'est pompier à s'en arracher les cheveux, mais tout le monde adore ces chiures d'amour débiles, spécialement les bonnes femmes qui se pâment et jettent de l'argent dans ton chapeau. L'amour est une vache à lait et la poésie est bête comme mes deux pieds, mais ça nourrit son mendiant mieux que la pitié.

– Justement, euh, à propos de nourriture, aimez-vous les œufs et le bacon ?

– Je vendrais ma mère pour moins que ça !

– Si vous voulez, je vous invite à déjeuner. »

À ces mots, les yeux du mendiant étincelèrent et les deux hommes se serrèrent la main gauche.

« Moi, c'est Magloire, mais si tu me dis que c'est un nom à coucher dehors je t'arrache la tête.

– Non, non, euh, Magloire, c'est un nom propre, très propre. »

Les deux hommes sortirent du métro d'un même pas et dans la rue Berri Jeannot ne put s'empêcher de scruter les environs.

« Chimène, est-ce que ça vous dit quelque chose ?

– C'est quoi, une chimène ?

– C'est une femme de couleur.

– Connais pas ta négresse.

– Et Maman Maïs ?

– Connais pas ta maman non plus, mais j'ai un conseil à te donner, mon gars : accroche-toi pas aux bonnes femmes comme le choléra. Une bonne femme, c'est comme un pansement : ça soulage le bobo, mais ça doit servir rien qu'une fois. »

Sur le rire du mendiant ils enfilèrent des rues paisibles et soudain celui-ci désigna du menton son bras mutilé.

« J'ai pas toujours été poète. Autrefois, j'étais normal et je travaillais sur les bateaux, mais un jour, à Frobisher Bay, je me suis fourré la main dans les engrenages d'une grue. Depuis ce maudit jour-là je mendie de la main qui me reste et je picore les miettes comme une sale mouette. Et c'est tout, la messe est dite, tu n'auras plus à penser à mon amputation.

– Oh, je pensais pas du tout à ça, monsieur.

– Mais oui, tu y pensais, comme tout le monde, hypocrite.

– Peut-être, oui, je l'avoue, pardon.

– Mais toi, enchaîna Magloire, t'as encore tes deux mains, tous tes cheveux et toutes tes dents. J'ai l'impression que t'as grandi dans le beau linge. Tu serais pas un fils à papa d'Outremont qui fait semblant d'être pauvre pour avoir l'air d'un marxiste crédible ? »

Le plus sérieusement du monde, Jeannot fit non de la tête et expliqua que, né à Pont-Viau, il avait été touché par le désir de changer le monde, et qu'une telle vocation l'obligeait au dénuement et aux privations.

« Pont-Viau, ouais, je vois… (À l'esprit de Magloire, cet humble lieu de naissance suffisait à innocenter Jeannot.) Dans ce cas, si tu tiens à quêter toute ta chienne de vie, je vais t'expliquer une chose : ceux qui passent devant toi sans s'arrêter t'auraient donné de l'argent s'ils avaient eu des couilles, et ceux qui te font l'aumône t'auraient craché dans la main s'ils avaient eu des couilles. Autrement dit, si les gens avaient des couilles, tout serait inversé : les bons seraient les méchants et les méchants seraient les bons. »

Jeannot souriait béatement, sans ciller.

« Pour commencer, poursuivit Magloire, tu devrais te contenter de vivre aux crochets de la société, parce que, au fond, les hommes veulent avoir ta peau, et si tu les sauves t'es foutu, parce qu'ils vont tourner le cul et te poignarder dans le dos, c'est dans leur nature. D'un autre côté, si tu te mets à travailler, t'es cuit aussi, parce que tu vas vouloir une auto, un bungalow, une femme, une maîtresse, et l'argent que tu vas gagner d'une main tu vas le flamber de l'autre, mais je te le dis : t'es mieux tout nu dans la rue qu'à l'usine ou que pendu à une croix, parce qu'à l'usine t'es rien qu'un morceau de machine, et quand tu casses ils te foutent aux poubelles au lieu de te chouchouter. Et sur la croix t'aurais beau crever dix fois, tu perdrais jamais assez de sang pour satisfaire les salauds comme moi. »

Le sens de ces élucubrations échappait toujours à Jeannot, mais il acquiesçait pour ne pas horripiler Magloire, puis ils franchirent le boulevard Crémazie pour passer sous le viaduc de l'autoroute Métropolitaine.

« Octave Crémazie, soupira Magloire, quel poète merdique ! “À nous le fleuve aux ondes claires” et patati et patata. Bordel ! La poésie du fleuve majestueux me fait vomir. Le vrai Saint-Laurent, mon gars, celui sur lequel j'ai navigué, c'est le côlon de l'Amérique. »

Au feu vert ils traversèrent la rue Saint-Hubert, marchèrent encore un peu et gagnèrent un grand magasin de la chaîne Woolworth, où ils s'attablèrent à la cafétéria tapie comme une oasis dans le rayon des sous-vêtements féminins. Ils pendirent leurs manteaux à une patère chromée et se glissèrent dans un box, sur les banquettes imitation moleskine, où Jeannot aperçut enfin le moignon de Magloire, dissimulé comme un petit animal dans la manche de sa chemise mûre.

« Par ici, le café homéopathique ! » lança Magloire à la serveuse, puis il s'hypnotisa sur les étalages pléthoriques de soutiens-gorge et de slips. « Ooooooh..., doux Jésus... L'homme est un bouledogue qui bave sur les brassières, les petites culottes et les bas nylon ! »

Jeannot comprit qu'il avait eu la déveine de tomber sur un vieil érotomane qui parlait trop fort au restaurant. Là-dessus, la serveuse à gros souliers blancs et à tablier rose s'approcha – une femme potelée aux yeux noisette et à la crinière peroxydée, qui sentait à la fois la friture et le désinfectant, et qui tenait à la main un globe de pyrex où clapotait une lavasse fumante.

« Salut, Magloire, dit-elle en déversant du café dans les tasses. Deux œufs miroir, comme d'habitude ?

– Oui, chérie, deux avortements bien baveux, et remplis mon assiette à ras bords, c'est le jeune qui paye. Il se sent riche de cœur, le pauvre, mais je serais fou de pleurer le manger qu'il veut me fourrer dans le cornet. Et puis, dis-moi donc, chérie : achètes-tu ici tes petites culottes ? »

Imperturbable, la serveuse se tourna vers Jeannot qui parcourait le menu du regard.

« Euh, je prendrais deux œufs, du bacon et des fèves au lard.

– Tournés ou pas tournés ?

– Hein ?

– Tes œufs. Tournés ou pas tournés ? Brouillés ou miroir ?

– Je sais pas. Un tourné, et l'autre pas tourné. »

La serveuse leva les yeux au ciel en soupirant et s'éloigna.

« Elle te déteste, dit Magloire.

– Vous croyez ?

– Fais-toi-z'en pas, je la connais, elle est misanthrope jusqu'à l'os, eh oui, regarde-la, ça vaut mille piastres... »

Jeannot jeta un œil en coulisse vers la serveuse qui faisait aussi la cuisine derrière le comptoir équipé d'une fontaine-soda, et ce qu'il découvrit le médusa : se croyant à l'abri des regards, la serveuse manipulait sa spatule de manière à crever le jaune des œufs des hommes, mais elle cuisait soigneusement les œufs des femmes. Quand elle revint à leur table avec les assiettes fumantes, elle grogna : « Les jaunes ont pété, excusez. » Jeannot et Magloire pouffèrent en la regardant s'éloigner, puis ils attaquèrent leur petit déjeuner en discutant de la pluie et du beau temps, ce qui incita Magloire à partager avec Jeannot son expérience de la rue.

« Quand les poux te dévorent, retourne tes vêtements et enfile-les à l'envers. Le temps que la vermine retraverse ton linge de bord en bord, tu seras tranquille une heure ou deux. »

Plus tard, voyant la serveuse s'amener avec l'addition, Jeannot murmura à Magloire : « Regardez bien… » D'un geste il montra sa bille à la serveuse, et à la vue du cochon elle sourit, puis elle retourna vaquer à ses occupations. Bouche bée, Magloire n'en revenait pas.

« Bâtard ! Qu'est-ce que tu lui as fait ?

– Je l'ai ensorcelée avec mon cochon magique. »

Incrédule, Magloire s'empara de la bille et sourit malgré lui.

« Vous voyez, dit Jeannot, vous souriez. Je sais pas pourquoi, mais cette bille fait sourire tout le monde. Tenez, regardez bien… »

Jeannot reprit sa bille, se retourna et tapa sur l'épaule du client attablé derrière lui pour la lui montrer. Le type se démancha le cou, aperçut le cochon dans la bille, puis il sourit stupidement avant de replonger dans son journal maculé de taches de margarine.

« Fameux ! s'exclama Magloire. Et d'où elle vient, ta bille magique ? »

Jeannot hésita, puis il décida de raconter à Magloire ce qui s'était produit, des années auparavant, un dimanche d'été. Ce jour-là, ses parents l'avaient emmené au cirque ambulant qui avait dressé ses tentes sur un terrain vague de Laval. Sous le grand chapiteau, des clowns affublés de souquenilles moulinaient des airs surannés sur des orgues de Barbarie, des cracheurs de feu vomissaient des flammes de dragon, des écuyères vaporeuses chevauchaient au petit trot. Il y avait même un tigre pelé, tout blanc et tout triste dans sa cage puante – un tigre albinos aux yeux rouges. Après le spectacle, Jeannot avait cru apercevoir un œil de tigre albinos par terre et l'avait ramassé, mais il s'agissait d'une bille de verre avec en son centre un petit cochon rose souriant, et à la vue de cette bille son père lui avait fait l'aumône d'un rare sourire. Tout chaviré, Jeannot s'était juré de ne jamais se départir de cet objet magique capable de rendre heureux tous ceux qui poseraient le regard sur lui.

Après avoir écouté cette histoire, Magloire fit un geste du menton pour signifier à la serveuse de lui resservir du café.

« T'as raison, dit-il, c'est inoubliable, le sourire d'un père. »

Puis il se sécha les yeux avec une serviette de papier, comme s'il pleurait d'attendrissement – mais il étanchait son orgelet.

« Moi aussi, poursuivit Magloire, mon père m'a souri juste une fois, quand j'étais jeune, le jour où je lui ai annoncé que je voulais prendre la soutane. Il a éclaté de rire et m'a répondu que j'étais trop vicieux pour faire curé et trop stupide pour aller à l'école, alors je me suis engagé au port de Trois-Rivières. Le lendemain je m'embarquais sur un cargo et je découvrais la vie de débauche dans les villes étrangères, le jeu, les beuveries et les bagarres au couteau. Un jour, j'ai ramassé une fille qui traînait sur les quais, ici à Montréal, et je l'ai mariée pour qu'elle m'attende dans un logement vide toute sa vie. J'aimais avoir une femme malheureuse qui souffrait de la solitude, ça me réconfortait quand j'avais le mal du pays. Et quand je faisais escale chez nous je pouvais avoir la lune, j'avais juste à remuer le gros orteil. Mais un jour on a eu un fils qui plus tard m'a renié quand il a appris que j'avais abandonné dans le Nord une fille illégitime. Eh, c'est pas de ma faute si on avait rien que ça à foutre, là-bas, engrosser les sauvagesses ! Quinze ans après, un soir, le téléphone a sonné chez nous. C'était la petite. Je sais pas comment elle avait eu mon numéro, mais elle était à l'aéroport, à brailler comme un veau dans l'oreille de ma femme. *I am the daughter of your husband, I want to see him, he is my father !* J'ai jamais voulu lui parler, elle s'attendait à quoi ? Que je lui paye une robe de première communion ? Que je lui fasse arracher les dents et débrider les yeux ? Je suis pas le Père Noël, calvaire ! Elle a rappelé vingt fois par jour pendant trois semaines, je sais pas où elle avait volé tout cet argent. En tout cas, c'était une hystérique, comme sa mère. Les Esquimaudes sont folles, elles peuvent te lancer n'importe quoi à la tête, des roches, un marteau, une théière pleine d'eau bouillante. Un jour, tout s'est arrêté et la petite a disparu, mais ma femme a tout bavassé à notre fils qui s'est ramené chez nous à minuit. Il voulait enfoncer la porte et j'ai appelé les policiers pour qu'ils l'embarquent. L'été d'après il est monté dans le Nord en avion, ç'a dû lui coûter la peau des fesses, tant pis pour lui. Il cherchait la petite, je sais pas s'il l'a retrouvée, j'espère que non, rien que d'y penser je suis écœuré. J'ai jamais cherché à avoir de ses nouvelles, ça lui apprendra à s'occuper de ses oignons. C'est comme ma femme : je sais plus où elle est, elle est peut-être morte d'ailleurs, je m'en fous pas mal. »

Tout autour de Magloire et Jeannot, chacun tendait l'oreille pour goûter les infamies de Magloire, mais Jeannot, lui, hochait la tête d'un air abasourdi. Puis il dit à brûle-pourpoint : « Baiser, c'est bon, mais accoucher ne fait pas de bien. » À ces mots, Magloire s'étouffa avec une gorgée de café, puis s'exclama : « Tabarnac ! Où c'est que t'as pêché ça ?

– C'est Maman Maïs qui m'a dit ça. Comme quoi on est toujours puni. Vous n'avez pas peur, vous, d'être un jour puni pour tout ça ?

– Puni, moi ? Pour quoi ? Pour tout le mal que j'ai fait, peut-être ? Et je serais puni par qui ? Par le bon Dieu, je suppose ? »

Magloire s'étrangla d'un rire convulsif qui ne laissait pas planer la moindre ambiguïté sur ses croyances religieuses.

« Mon garçon, si les Romains avaient crucifié une petite prostituée de douze ans, un infirme ou un lépreux, quelqu'un qui aurait réellement souffert le martyre, j'aurais eu la foi, mais parmi ceux qu'on pouvait tuer il a fallu qu'on tue le moins pitoyable, le Fils de Dieu ! C'est vrai : c'est quoi la couronne d'épines pour le Christ quand un trône l'attend à la droite de Dieu ? Et la lance dans le foie, les coups de fouet ? Pour le Christ, c'est des enfantillages. Et au lieu de nous humilier il devrait nous remercier d'être des fous assoiffés de sang, parce que c'est notre cruauté qui a fait de lui un sauveur ! »

Les veines du cou près d'éclater, Magloire bêlait, l'orgelet chauffé au rouge, et des jets de salive giclaient de sa bouche et s'écrasaient dans les lunettes de Jeannot.

« Laisse-moi te dire une dernière chose sur le bon Dieu, laisse-moi te dire que j'ai jamais oublié ma grand-mère sur son lit de mort, à Saint-Stanislas. J'avais onze ans. Le vent soulevait les rideaux et on entendait rire les voisins qui se baignaient dans la rivière Batiscan. À la fin, ma grand-mère a murmuré quelque chose et je m'attendais à des blasphèmes, mais c'était “Merci pour tout, mon Dieu.” Ç'aurait pu changer ma vie si j'avais eu un brin de bonté, mais j'avais le cœur pourri et j'allais passer le reste de ma vie à mentir comme on respire, à tout prendre à tout le monde sans jamais rien donner. C'est fou, mais avec le recul je reconnais pas mes actes. Je sais qu'il faut être bon, mais j'y arrive pas. Tout ce que je fais est mal et j'ai jamais pratiqué ce que je voulais vraiment. Ça prouve à quel point le bon Dieu est détraqué. »

La bouche desséchée, Magloire vida sa tasse de café, puis il ajouta : « N'empêche que ma grand-mère, c'est la seule chrétienne sincère que j'ai connue. Enfant, elle avait promis à Dieu de donner cinq fois son manteau, comme saint Martin, et elle a passé sa vie à donner ses vêtements aux pouilleuses qui venaient gratter à sa porte. Une vraie sainte, je te dis. En plus, elle voulait mourir à terre, comme saint François d'Assise, mais ses enfants ont refusé, les crétins. Après sa mort, les charognards ont pas pu se disputer l'argenterie, vu qu'elle était pauvre comme une souris d'église, mais tout le monde a hérité d'un coup de poignard dans le cœur. »

Là-dessus, un client au visage émacié se leva et s'approcha de Magloire et Jeannot. Soixante-dix ans révolus et vêtu élégamment de noir, il n'avait pas cru bon de dénouer son écharpe pour manger ses œufs frits au bacon.

« J'ai tout entendu, dit-il à Magloire, et sachez que la difficulté d'être un homme tient au fait que la loi de Dieu est spirituelle, alors que nous sommes des êtres charnels…

– Ça y est ! l'interrompit Magloire. Un chimpanzé nous tombe de son arbre avec sa morale !

– L'homme souffre parce qu'il se croit seul, dit l'inconnu, mais nous sommes tous le même homme.

– L'homme ! L'homme ! aboya Magloire. C'est facile à dire, mais sais-tu vraiment qui est l'homme ? Moi, je connais l'homme de la rue, cet enfant de chienne qui regarde ailleurs quand j'ai faim ! »

Ayant dit ces mots, Magloire jaillit hors du box et les deux hommes s'empoignèrent sous les yeux horrifiés de Jeannot.

« Si vous faites ce que votre conscience déteste, proféra le vieil homme, ce n'est plus vous qui agissez, mais le péché qui vous possède !

– Ta gueule, fausse couche ! Viande pourrie ! Face de cul ! »

Ces glapissements avaient attroupé les curieux et les deux rivaux se mirent à décocher des uppercuts au hasard – Magloire, des uppercuts du moignon –, malgré la présence énergique de Jeannot qui tentait de calmer la querelle, mais qui reçut un coup de poing sur le nez et s'écroula dans des visions d'étoiles. La serveuse poussa des hurlements et des clients profitèrent du chaos pour s'échapper sans payer, puis des hommes séparèrent les belligérants qui se tortillaient sur le plancher. Tout à coup, de sa main valide, Magloire arracha l'écharpe de l'inconnu à la lèvre éclatée – et les gens éberlués aperçurent le col clérical immaculé.

« Mon Dieu ! s'écria une dame. Un prêtre ! »

La bagarre s'arrêta net et les exclamations se mirent à fourmiller. « Un prêtre, un prêtre, entendait-on de toutes parts, c'est un prêtre ! » Après un moment d'hébétude, on s'empressa autour du vieil ecclésiastique pour l'aider à se relever. On dépoussiéra ses habits, on pansa sa blessure, et le chef du rayon des chapeaux plia soigneusement son écharpe de soie, couleur de pourpre cardinalice.

« Merci, dit le prêtre, j'y tiens, c'est un cadeau d'un prélat de Cracovie. »

La chemise de flanelle crevée sur le dos, Magloire avait encore envie d'escarmoucher, et le prêtre aurait voulu remonter lui aussi sur ses grands chevaux, mais il se plaignit d'un épanchement de synovie. Deux dames apparurent pour pétrir les genoux gonflés de cet homme aux dehors malingres, mais qu'elles admiraient de s'être battu pour son idéal, et contre un type plus jeune que lui, un mécréant, un névropathe.

« Ce n'est pas une tonsure que j'ai sur le sommet du crâne, dit le prêtre, mais une calotte de calvitie, et tout le mal que vous faites aux pauvres types chauves des Woolworth, vous le faites à Dieu. »

Jugeant qu'il en avait eu pour son compte, Magloire endossa son manteau de chasse, écrasa sur sa tête sa tuque des Bruins de Boston, et s'en alla en écrabouillant les lunettes de Jeannot, après quoi le prêtre, rayonnant d'avoir proprement vissé sa vis à ce puant d'athée, se porta au secours du garçon assommé sous la table. On appliqua de la glace sur son nez en confiture et il finit par rouvrir les yeux sur un monde flou, l'air vaseux.

« Où sont mes... mes lunettes ?...

– Sont pétées, répondit une dame. On scotche les morceaux. »

Le prêtre reparut, les lunettes rafistolées entre les mains. Il en écarta les branches et les glissa délicatement sur le nez sanguinolent de Jeannot. « Merci, monsieur... euh... monsieur le curé... » Jeannot regardait fixement le col romain, comme s'il hallucinait, puis il se releva tant bien que mal. Tout étourdi, il cracha du sang qui étoila le plancher, puis il s'arracha aux mains secourables pour se rasseoir sur la banquette et lotionner son nez avec du vinaigre.

« Laissez-moi tranquille. Je vais attendre Magloire.

– Il reviendra pas de sitôt, ton clochard, dit la serveuse qui torchonnait le plancher. Il t'a planté là comme un mégot.

– Il va revenir, j'en suis sûr. »

Faisant bonne contenance malgré son exaspération, la serveuse plongea son regard noir dans les yeux de Jeannot et lui dit : « T'as pas d'amis, ici. » À ces mots, Jeannot courba l'échine. Il lui parut opportun de décrocher son parka et de régler l'addition.

Quelques minutes plus tard il piétinait sur le trottoir, le nez enflé et les lunettes rabibochées. Maintes fois il fit de grands gestes des bras, croyant avoir reconnu au loin la silhouette asymétrique de son compagnon, mais une heure plus tard il dut se rendre à l'évidence : « C'est peut-être vrai qu'il reviendra pas, que j'ai pas d'amis. » Il accusa le coup et se sentit le cœur gros, puis l'idée lui vint de tourner ses pas vers le nord de la ville. Cherchant partout la trace de Magloire, Jeannot refit donc le chemin parcouru deux heures auparavant et il redescendit dans les galeries du métro, où il tomba sur un homme déguenillé d'un certain âge, coiffé d'un feuillet de journal plié en petit bateau, les mains piquées de tavelures et les jambes comme des cannes dans ses pantalons élimés, une espèce de troubadour qui poussait la turlurette à grands coups de gosier et qui torturait un vieux bandonéon qui avait l'air d'un poumon perforé.

Tu n'as que seize ans et faut voir comme
tu affoles déjà tous les hommes !
Est-ce ton œil si doux
qui les domine ?
Ou bien les rondeurs de ta poitrine
qui les rend fous ?

Jeannot jeta ses dernières pièces de monnaie dans l'étui béant et le sourire du bandonéoniste dévoila quelques dents déplantées couleur d'oignon. Puis, désignant son couvre-chef de papier journal, l'homme dit à Jeannot : « Si les chapeaux n'existaient pas, nous n'aurions pas de tête. »

* * *

Revenu dans la lumière et nourri d'espérances, Jeannot passa le reste de la journée à sillonner la ville, à la recherche de vieillards esseulés, de chômeurs démoralisés, de déficients mentaux, de femmes battues et de sans-logis, d'adolescentes violées et de jeunes homosexuels fugueurs, mais il ne trouva personne à sauver, pas même un chien à flatter.

Le soir venu, Jeannot revint traîner du côté du cimetière juif, et son visage s'illumina à la vue de Maman Maïs qui arpentait l'asphalte en sentinelle.

« Tiens, tiens ! fit Chimène. Jeannot Lapin revient faire des manœuvres pour moi…

– Bonsoir, comment allez-vous ?

– J'ai la chaleur en équilibre. Et as-tu vu cette belle lune ? Un globe d'eau qui contient un morceau d'or. (Puis, remarquant les yeux au beurre noir de Jeannot :) Qui t'a abîmé le portrait comme ça ?

– Un vieux curé, chez Woolworth.

– Petit coq de jeux, va ! Mais dis-moi : te nourris-tu de viande crue ?

– Euh, non, pourquoi ?

– J'étais près de croire que tu étais un *ti-monse* né d'un œuf pondu le Vendredi saint par une poule noire. Mais vois plutôt comme c'est beau… »

Chimène présenta sa main droite à Jeannot, le poignet plié, pour lui faire admirer sa nouvelle bague sertie d'une pierre rose et translucide.

« C'est une tourmaline de Ceylan. Mon *patnè* l'a volée à l'archevêque de Palerme pendant les fêtes de sainte Rosalie, à la cathédrale de Monreale, à la pointe d'un trident de pêcheur de thon. »

Les yeux exorbités devant la beauté de cette bague qui faisait songer au joyau d'un maharajah, Jeannot pensa : « Ça brille bien, une bague d'archevêque… » Et Chimène dit tout haut :

« J'adore ma bague, d'autant que je déteste les ecclésiastiques. Ces ânes croient que les Noirs descendent de Cham, le fils indigne de Noé qui a dévoilé la nudité de son père devant ses frères. Que je vire en dame-jeanne si je badine ! »

Après quoi elle ouvrit sa doudoune et releva son chemisier pour exhiber un bijou de piercing.

« L'or du roi Salomon dans le nombril de la reine de Saba ! »

Jeannot n'écoutait plus, mais restait planté tout auprès de Chimène, contemplant son visage où ne se lisait aucune clémence. Puis il demanda : « Magloire, est-ce que ça vous dit quelque chose ?

– Ta gloire ?

– Magloire, c'est un nom propre, un amputé de la main.

– Je ne connais aucun homme propre et les mutilés ne sont pas ma tasse de thé. »

Jeannot ne trouva plus rien à rajouter et Chimène clappa de la langue : « Bon, si tu veux m'exorciser, petit Guillemette comme des guillemets, tu dois d'abord faire bouillir le cœur d'un poulet dans mon pipi. »

Jeannot sourit, retira son parka et en enveloppa les épaules de Chimène. « Faites attention à vous », dit-il, puis il tourna les talons. Debout près de l'abribus, la jeune femme vit l'adolescent dégingandé se précipiter dans les souterrains du métro, puis elle ôta le parka de ses épaules, le laissa pendre dédaigneusement au bout d'une phalangette, le renifla en grimaçant et le flanqua à la poubelle.

« Bon débarras, face de carême, nous nous reverrons l'année de la cannelle s'il plaît à Dieu. Et si mon sang veut tourner en eau, je boirai du cœur de chauffe et on me posera des ventouses. »

Chimène songea tout de même au petit cochon souriant, fut tentée de vérifier si la bille de verre se trouvait dans une poche du parka, mais elle fut interrompue dans ses réflexions par une voiture qui s'immobilisa à sa hauteur. Le conducteur baissa la vitre, ses yeux inassouvis quémandèrent la lune, et Chimène prit une profonde inspiration avant de retourner à son espèce dans la nuit qui éternisait son exil.

Tu peux prendre ton nègre,
prendre ta négresse,
On va danser l'âme allègre
au quadrille à Maman Maïs !

Au quadrille à Maman Maïs, pensait Chimène, les Blancs ne dansent pas, ils écrasent des punaises.

TULIPES ET COQUELICOTS

Notre cher voisin Maurice Gagnon est un véritable moulin à paroles, sauf qu'il ne parle que du passé, et encore, le sien seulement, son passé exclusif, clos de ronces et de coquelicots, un temps privé dont il est extrêmement jaloux, comme si l'histoire sainte de sa vie était la plus belle femme du monde.

Il est périlleux de raconter un homme en quelques formules lapidaires, aussi tairai-je à peu près tout ce que je sais ou crois savoir, sauf cette vérité notoire : Maurice Gagnon adore deviser de la guerre. En 1940, c'est un fait avéré, archivé, le jeune Gagnon fut du premier corps d'aviateurs canadiens envoyé en Angleterre. Cinq ans plus tard, il rentra au pays en héros, une belle Néerlandaise au bras. Des photos et des coupures de presse le prouvent, et des inscriptions au registre de l'état civil.

Aujourd'hui, ce vétéran médaillé, chargé d'honneurs, ancien canonnier de Lancaster, vieillissant mais solide comme un bœuf, coule des jours heureux avec sa femme dans leur joli cottage de banlieue. Ils ont des biens au soleil, et cinq enfants intelligents – l'aîné est ingénieur en robotique et la benjamine, médecin anesthésiste ; un autre est journaliste politique et son crâne à moitié chauve paraît périodiquement à la télévision selon les vicissitudes de nos guéguerres intestines. Des petits-enfants, treize à la douzaine ; quelques arrière-petits-enfants. Tulipes, primevères, pivoines, roses et lilas garnissent leurs platebandes. Des escarpolettes et des abreuvoirs à colibris pendent aux branches de leurs arbres. Et Maurice Gagnon se souvient d'avoir pulvérisé des nœuds ferroviaires, des raffineries de pétrole, un barrage sur l'Eder ; d'avoir appuyé l'invasion de la Sicile et déversé sur Dresde, une nuit de février, des tornades de phosphore – et de s'être posé en catastrophe dans les landes des Pays-Bas, où il rencontra la jeune paysanne qui deviendrait sa femme, Sijbilla, qui survécut au dernier hiver de la guerre en mangeant des bulbes de tulipes et qui découpa sa robe de mariée dans de la toile de parachute.

Intrépide et pieux, mon voisin, autrefois, ne prenait jamais le ciel sans sa médaille de Bernadette Soubirous attachée à sa mitrailleuse, dans sa tourelle, et la sainte veillait sur lui et sur son équipage, dit-il, déviant les obus anti-aériens et les tirs de la chasse de nuit.

Finie depuis longtemps, la guerre tonne toujours dans le cœur de mon voisin. Ardente et lumineuse, c'est une outre d'ambroisie, un feu grégeois qui brûle même au contact de l'âme. D'ailleurs Maurice Gagnon reçoit souvent ses vieux frères d'armes, dont l'ancien lieutenant Paul Tourangeau qui perdit une jambe dans le Calvados, sous le feu des Tigres allemands. Assis autour de la piscine, Maurice et ses camarades arrosent leurs galons aux doubles scotchs, remâchent leur gloire, leurs batailles épiques et leurs convulsions fraternelles, citent jusqu'aux aphorismes de Staline – *Les guerres sont les menstrues de la terre*. Grand mélomane amoureux de Bach, Maurice regrette les partitions et les manuscrits de nombreux musiciens perdus dans le brasier de Dresde – dont soixante-dix opéras d'Albinoni. Quant aux dizaines de milliers de victimes civiles, mon voisin m'assure que la plupart furent vaporisées dans cet enfer de mille degrés et n'ont pas souffert longtemps.

Un beau jour d'été, il y a quelques années, quand Maurice Gagnon avait appris que mon fils ne ferait pas baptiser son enfant, il était venu m'expliquer, au beau milieu de mes plants de tomates, que l'onction baptismale rend tout chrétien à la fois prêtre, prophète et roi. « Tu ne souhaites pas ce miracle à tes petits-enfants ? » Malgré son front soucieux, j'avais haussé les épaules pour témoigner de mon impuissance, puis Maurice avait failli me dire autre chose de peut-être plus incisif, mais il avait ravalé ses reproches pour rentrer dans le giron de sa tondeuse à gazon.

Un autre jour, un hiver, alors que nous contemplions nos autos verglacées, mon voisin m'avait dit : « J'ai bombardé l'Allemagne comme si j'avais bombardé au cobalt mon propre cancer. » Depuis lors, Maurice Gagnon et ses camarades gagnent la guerre tous les dimanches, mais ils ne parlent jamais des messages obscènes ni des dessins pornographiques qu'ils gravaient parfois sur leurs bombes bénites par des révérends anglicans. Par contre, ils évoquent la mémoire de Grand Slam comme celle d'un enfant prodige, mais Grand Slam était la plus énorme bombe de l'époque, un engin de dix tonnes qu'ils étaient les seuls capables d'emporter dans le ciel. Pourtant, ces vieux guerriers ne sont pas méchants, seulement l'expérience partagée de la mort et de l'héroïsme leur a inspiré un sentiment de supériorité envers les gens comme moi. Je souhaiterais leur dire que d'autres hommes, à leur place, auraient été tout aussi courageux, mais aucun des actes de ma vie ne m'autorise à proférer ce genre de sentence.

La vie se poursuit malgré tout et le mois dernier nos voisins sont allés en pèlerinage en Europe où ils ont visité les Pays-Bas, Groningue et Hoogeveen, mais aussi Lourdes, sa basilique, sa grotte, les piscines de ses sanctuaires.

Sijbilla et Maurice ont eu la gentillesse de nous envoyer une carte postale – on y voit une procession chorégraphique de paraplégiques et de grabataires à roulettes disposés en forme de croix –, puis ils ont rapporté un amas de colifichets – médaillons de l'Apparition, mignonnettes d'eau miraculeuse, images et figurines, boule à neige, petit cœur musical dont le mécanisme joue l'*Ave Maria* –, des bondieuseries à la louange de Bernadette Soubirous. Et voilà-t-il pas que depuis quelques jours, des événements mirifiques ont lieu chez les Gagnon, au fin fond de la banlieue somnolente : les statuettes pleurent et les icônes suintent. On parle de larmes de sang, d'une prodigieuse huile parfumée. La nouvelle s'est répandue comme la varicelle et a rameuté les croyants.

Debout à la bay-window du salon, je contemple la centaine de voitures garées en épi dans les rues, jusque sur les pelouses, et je songe au mot de Francis Picabia : « Même l'eau de Lourdes peut dépanner une auto. » Puis je sonde la marée humaine, mystique, qui se masse aux portes de la maison prédestinée. Heureusement, le temps est clément pour un 11 novembre et le soleil incendie les vitres des façades. Aurons-nous un été indien ? Quoi qu'il en soit, Maurice Gagnon versera les oboles aux amputés de guerre et aux Sœurs de la Charité « pour faveur obtenue ». Quant à moi, j'attends ma femme qui se maquille les yeux dans sa psyché. Nous nous apprêtons à aller grossir le nombre des dévots et des regardeurs. Je charge donc l'appareil photo d'une bobine de pellicule, m'assure que j'ai de l'argent dans mon portefeuille, puis je rectifie mon nœud de cravate et j'épingle le coquelicot du Souvenir au revers de ma veste.

« À quoi penses-tu ? »

Je sursaute à la voix flûtée de ma femme surgie derrière moi et je me pique le doigt. J'hésite un peu, puis sans me retourner je réponds que je ne pense à rien. Elle sait que je mens, et elle sait que je sais ce qu'elle pense de moi à cet instant, mais elle n'insiste pas et j'entends ses pas qui s'éloignent, assourdis par la moquette. Je suce la goutte rouge qui a perlé sur mon pouce et je pense que si la peur de faillir peut peut-être justifier mon inertie foncière et l'échec général de ma vie, ceux qui s'abstiennent éternellement n'ont pas plus de présence dans le réel que les morts – et d'un geste dépité je braque l'appareil sur mon visage, puis je ferme les yeux, retiens mon souffle, et, avec un goût de sang dans la bouche, j'appuie sur le déclencheur pour me prendre moi-même en photo et m'immortaliser du mieux que je peux.

LA MER
DE LA TRANQUILLITÉ

Pendant que tant de gens mènent leur vie dignement, j'attends je ne sais quoi, je ne sais qui, le rhume au nez et le froid aux trousses. Échoué à la lisière du monde, l'estomac creux, j'espère n'importe quoi, un signe providentiel, un météore qui me guiderait dans la nuit, un prophète qui me révélerait mon sort à venir. Pendant ce temps, des amoureux qui peuvent avoir mon âge s'étreignent sur les bancs du parc, dans la blancheur du jour, où rien ne leur a jamais sali la lumière. Et plus loin des diablotins grimpent aux engins peinturlurés et aux jeux de bascule en s'interpellant, jouent aux aviateurs sur les balançoires et les tapeculs, façonnent des châteaux dans les bacs à sable. Et quelques retraités ventripotents, réunis autour d'une table de jeu, bluffent à qui mieux mieux derrière leurs cartes en éventail.

Apparaît alors un très vieil homme courbé sur sa canne à pommeau d'ivoire en forme de tête de bouc. De grosses lunettes lui barrent la figure et embouteillent ses yeux en boules de loto. Il donne un coup de chapeau, dévoilant les méandres de ses veines temporales, et s'assoit près de moi pour lier conversation.

« On patauge dans la raspoutitsa, hein ! Mon petit-fils est parti étudier les débris d'une météorite en Russie, et là-bas, la saison du dégel et de la boue, c'est la raspoutitsa. À mon âge, j'ai appris un nouveau mot ! »

Je secoue la tête pendant que le vieil homme tire d'une poche un sac rempli de bouts de pain sec pour les oiseaux. À cet instant, deux amoureux s'arrêtent devant nous pour s'embrasser dans les rayons du soleil couchant. On se croirait au cinéma et le vieillard sourit en voyant les joueurs se détourner tout en faisant virevolter leurs cartes.

« Les jeunes agacent les vieux, dit-il. Les vieux n'aiment pas les jeunes qui font et disent ce qu'ils ont envie, et pas ce que les vieux ont envie de les entendre dire ou faire. Moi, ce que j'aime, c'est jeter des croûtes aux moineaux, parce que j'ai un jour manqué de pain et je reconnais ma misère dans celle des moineaux. »

Des oiseaux grivelés tournoient autour de nous et se posent dans l'herbe pourrie pour picoter les croûtons en piaulant, et des écureuils râpés, la queue en panache, accourent de toutes parts. « Pit ! Pit ! Pit ! » fait le vieil homme qui a des nébulosités dans les prunelles. « Fwit ! Fwit ! » siffle-t-il en postillonnant dans le vide. Il a les joues rentrées d'un malade et souffre peut-être d'un mal inguérissable – cancer du poumon, tumeurs colorectales, métastases osseuses d'un cancer de la prostate.

« Quand j'avais ton âge, poursuit-il, je croyais qu'il suffisait d'aller se réfugier au fond des bois pour échapper aux misères de la vie. Je pensais que fuir était la solution, mais je n'ai pas eu le courage de m'en aller, j'avais trop peur de la solitude. Et puis un jour j'ai rencontré une fille à mon goût et je lui ai passé la bague au doigt. On a eu neuf enfants et on a mangé de la vache enragée des années durant, mais j'ai réussi à vieillir dans un petit métier. Les nuits d'hiver, je déglaçais les rails de tramway à grands coups de mailloche, à la lumière d'une lampe à pétrole. L'été, je balayais les rues et je curais les égouts. À l'inauguration du métro, en soixante-six, je suis devenu employé de maintenance. Crois-le ou non, j'ai découvert deux fœtus avortés, le premier dans un puisard en cinquante-cinq, rue Wolfe, l'autre dans une poubelle de la station Frontenac en soixante et onze. Finalement, j'ai tracé mon sillon, j'ai torché des rues et des planchers, ma femme torchait les enfants à la maison, et une nuit… je lui ai tenu la main… à ma femme… quand… quand… »

Il noie sa phrase dans un sanglot et laisse échapper le sac de croûtes. Ses mains tremblent et je le vois grimacer d'une douleur crucifiante dont il refuse de se purger entièrement, sans doute par dignité, ou par respect pour les souffrances de sa femme.

« Pleurez pas, monsieur… Votre femme doit être heureuse, là où elle est… »

Consterné d'avoir ânonné une telle sornette, je ramasse le sac pendant que l'homme ravale son chagrin.

« Les malades ont besoin de nous, dit-il d'une voix cassée. À mon âge, on est surtout utile aux mourants, mais il ne faut pas en vouloir aux vivants. Moi, par exemple, j'ai des arrière-petits-enfants, mais je ne les vois pas souvent. Ils vont à l'école et les parents travaillent ou sont divorcés, et la fin de semaine c'est le karaté, le piano, le hockey, la natation, mais si l'un d'eux tombait malade je serais là, à son chevet. C'est comme ça, les vivants sont trop occupés pour visiter les vieux tous les dimanches. Les choses sont comme elles sont, on pense d'abord à soi, dans la vie comme dans la mort, mais il faut pardonner aux gens leurs petites chienneries, sinon on est malheureux et la vie est impossible. »

Comme il tire un mouchoir d'une poche, sa canne glisse et tombe dans la boue. Je me penche pour la ramasser et je sens sous mes doigts le velouté du bois et de l'ivoire. De la manche, je nettoie la tête de bouc et redonne sa canne au vieillard. « Merci, dit-il, je viens de repolir l'ivoire au blanc d'Espagne. » Il ôte ses lunettes pour s'éponger les yeux, puis il me dit : « Au fond, c'est triste, un parc. Chacun vit dans son rêve : les enfants ont l'aventure ; les jeunes ont l'amour ; les vieux ont l'enfance. »

Vaincu par l'impitoyable travail de sape des jours qui ont œuvré n'importe comment sur sa carcasse martyrisée, l'homme finit par s'abandonner à la mélancolie devant moi, comme s'il me dévoilait sa nudité. Il dit chercher pour la millionième fois, dans la profondeur des choses, un sens à la vieillesse, le pourquoi de tous ces maux mystérieux apparus un à un pour entraver ses articulations et ruiner ses organes. Avec le temps, m'avoue-t-il, son visage s'est taché de crasse sénile, ses gencives sont devenues grises, ses dents restantes, déchaussées, se sont mises à branler dans les alvéoles, sa vue a baissé et il voit maintenant le monde décoloré à travers les filaments et les corps flottants de son humeur vitrée opacifiée. La vie lui a entamé la chair, l'a plié en deux et rongé sans répit, de telle façon que cet homme dévirilisé, devenu vieux au bout d'une filiation d'apparences physiques sans cesse détériorées, a de tout temps pressenti la décadence corporelle vers laquelle il s'acheminait. La vieillesse, dit-il, consiste le plus souvent à feindre le contentement au milieu d'un entrelacement confus de parcours inachevés ; à s'accommoder des mensonges qui empêchent le monde de s'effondrer ; à souffrir de ce que l'amour fut le symptôme d'une arriération affective, comme l'alcoolisme ; à chercher, pendant qu'on a encore toute sa tête, une seule bonne raison d'agoniser et de mourir. Et pourtant, me dit-il, chacun se croit un feu dans l'univers, une lumière dans la vie des autres, une chaleur dans la nuit – mais, maintenant qu'il a vécu, les hommes lui semblent plutôt les tourments de leurs propres enfants, le cancer annoncé des plus jeunes, et leur destin est de renaître, plus tard, ailleurs, dans des entrailles saines et rosées, pour s'y enkyster avec l'héritage transmuté du monde.

« Les enfants, dit-il, on ne les fait pas, mais on les commet, comme des erreurs irréparables, des erreurs de jeunesse, en plus, les pires. C'est pourquoi il faut les aimer beaucoup. »

Oui, vieillir, à ses yeux, peut se résumer à cela : devenir seul ; devenir une maladie ; et sentir mauvais.

« Mon sang de vieillard s'est tellement épaissi que je ne saigne même plus quand je me coupe, soupire-t-il. En vérité, on n'est pas venu au monde pour vivre en paix, on est venu pour tout perdre, alors on songe à ce qu'on n'a pas et qu'on n'aura jamais, on pleure ce qu'on a perdu, mais on n'a même plus la force de chérir le peu qu'il nous reste. »

Ces paroles me vont au cœur et je lui dis : « Je pense que je suis un peu comme vous, monsieur. » Sur quoi le vieillard ajoute : « Le plus triste, c'est que le temps n'arrange rien, au contraire, il aggrave tout, mais je fais comme si de rien n'était, je ne dis rien à personne, pas même à mes enfants. Tu es le seul à savoir ces choses de moi, tu as quelque chose de plus que mes propres enfants.

– Je suis personne, c'est pour ça. C'est plus facile avec quelqu'un qui est rien. »

Nous restons ensuite un moment sans parler, gênés d'avoir partagé des secrets si pénibles, puis l'homme se met à grelotter. « Le soir tombe, dit-il, et les joueurs de cartes sont partis. » Il croise son écharpe, remonte le col de son pardessus et se hisse péniblement sur ses jambes en grasseyant des sécrétions. Je me lève à mon tour pour lui serrer la main : « Au revoir, monsieur..., monsieur ?

– Rioux. Arthur Rioux. »

Derrière ses verres énormes, il a les yeux comme deux œufs mobiles.

« Vous avez un beau chapeau, monsieur Rioux.

– Merci, c'est du putois de Sibérie. Cadeau de mon petit-fils, celui de la météorite. Et toi, comment t'appelles-tu ?

– Bruno Villemure.

– Eh bien, adieu, Bruno. Sois heureux, mais n'oublie pas : nos espoirs sont comme les cygnes sur la mer de la Tranquillité. »

Sur ce, M. Rioux donne un coup de chapeau et s'en va se traîner par les allées de cailloutis, voûté sur sa canne, le squelette semé de souris articulaires, la vessie incontinente, ses odeurs médicinales le suivant comme une queue de comète, et je le regarde s'éloigner comme si je voyais disparaître l'incarnation même du passé, me demandant s'il y aura quelqu'un, à l'heure du trépas, pour tenir sa main maigre. Et tout d'un coup je sens peser sur moi le poids de mes vingt-deux ans, l'âge mythique de la force et de la beauté, glapit-on à la ronde, la prétendue saison des rêves et de l'orgueil détraqués où les jeunes n'ont peur de rien, pas même de tout détruire pour reconstruire le monde sur les ruines des civilisations, et l'on espère de moi cette violence aveugle, cette grave inconscience, mais moi dans ce chaos je ne vois qu'une chose : mon corps jeune qui incarne le désespoir des vieillards finis et la nostalgie de ceux qui n'auront plus jamais vingt ans, et je n'ai pas le cœur à me réjouir d'une telle injustice.

M'essuyant le nez de la manche, je remarque le sac oublié sur le banc et songe à rattraper M. Rioux, mais j'ai si faim que je dévore plutôt les miettes de pain. Soudain, tous les réverbères du parc s'allument en même temps dans le crépuscule. C'est comme un signal, et du coup les promeneurs m'abandonnent sans même remarquer ma présence. L'angoisse de la nuit proche me noue la gorge et j'aimerais me cramponner aux gens pour leur arracher des lambeaux d'amitié, mais c'est en toussant et en crachant que je vois les derniers fantômes disparaître au loin, mêlant leur ombre aux ombres des bonheurs insensés, bonheurs secrets et inconcevables qui sanctifient des hommes et des femmes, au hasard, comme la foi, mais qui abandonnent les damnés au bord des chemins.

Les minutes passent et tout autour du parc les fenêtres des salons et des cuisines s'illuminent une à une, et je peux voir vivre et se réjouir, derrière ces vitres claires comme des jours, des êtres élus.

Je finis par me lever et j'erre dans le parc pour me réchauffer, ensuite je vais me lover sous un pavillon d'orchestre. Je me faufile par une brèche dans le treillage et m'allonge sur le sable dur, puis je me couvre de vieux journaux qui souillent mes doigts gourds. J'attends la nuit en grelottant, puis je cille des paupières et la nuit est là, spectrale, sur moi. Le vent mugit dans les ténèbres, secoue le pavillon et les arbres qui entrechoquent leurs ramures. L'air sauvage sent la terre froide et la neige à venir. De gros nuages empressés, pleins de menaces, envahissent le firmament où se meut doucement l'ovale de la lune, dont la lumière filtre à travers le grillage de bois et le plancher à claire-voie du kiosque à musique. Étrange lune embaumée, couleur d'os, qui me fixe de ses yeux de cadavre. Bientôt les nuages la cacheront. Et c'est seulement alors que, par-delà cette vie où je rôde comme la gale à travers la foule assourdie, pourchassant des visages, prenant mon impatience pour de la foi, mes rêvasseries pour des vertus, mes errances pour un destin – c'est seulement alors que je dénoue l'énigme tombée de la bouche empoisonnée d'un aïeul : il n'y a pas de cygnes sur la mer de la Tranquillité.

DU CAMPHRE EN TALISMAN

Un jour de printemps morne et froid, juste après la fonte des neiges, quand les détritus de l'hiver ont refait surface et tourbillonnent dans nos villes, j'ai croisé des gens bouleversés à la sortie de la station de métro Longueuil.

« Quelqu'un a sauté ! Quelqu'un a sauté ! »

Au loin, des silhouettes piétinaient sous l'immense pont Jacques-Cartier. Me mêlant à la foule grave et silencieuse, j'ai aperçu une ombre inanimée au beau milieu du boulevard Lafayette, le corps d'un jeune homme tombé du pont, une chute d'au moins cent pieds. Il gisait devant tout le monde, l'air paisible, comme s'il dormait. Il ressemblait à tous les garçons que j'avais croisés au cours de ma vie, mais il avait un secret de plus derrière ses paupières scellées : l'éternité. Le blouson fermé jusqu'au cou, comme pour ne pas prendre froid pendant la chute, il espérait peut-être survivre. Peut-être avait-il voulu simplement donner la frousse à ses parents, émouvoir une fille dont il était amoureux ou secouer l'indifférence que lui témoignait le monde, mais il avait sauté de trop haut et maintenant du sang coulait comme de la mélasse des oreilles et des narines. Le malheureux avait perdu un soulier et son gros orteil sortait d'une déchirure dans la chaussette. Le bras droit était replié sous le corps selon un angle impossible et je me figurais sa bouche comme un cornet à dés, remplie de dents déracinées. J'examinais ses lèvres entrouvertes et saisies par la surprise, le nez plein de morve rouge, les cheveux bouclés sur les tempes. Il avait un visage d'enfant de chœur et sa tête reposait au milieu d'un soleil de sang qui lui faisait des rayons de sainteté.

Soudain, une vieille dame près de moi a incliné le buste pour vomir à terre tout en serrant son sac à main contre sa poitrine. Les gens se sont écartés à cause des éclaboussures, mais je me suis approché d'elle pour la réconforter. Le souffle infect, elle tremblait et ne cessait de répéter : « Excusez-moi… j'ai vomi… excusez-moi…

– C'est pas grave, lui ai-je dit, c'est rien, je suis là. »

Voyant qu'elle craignait de salir ses gants, j'ai dénoué mon écharpe pour lui éponger les lèvres et le menton. Sur ces entrefaites, une ambulance est arrivée dans les hurlements des sirènes et les éclairs des feux tournants. Aussitôt un ambulancier a bondi dans la rue pour ramasser le soulier du mort, pendant que d'autres secouristes repoussaient les curieux pour couvrir la dépouille d'un drap blanc. Tout autour de moi, des gens priaient pour l'âme du suicidé, mais je me suis demandé à quoi pouvait bien servir leur Dieu, dans ce monde où tant d'hommes ont plus peur de vivre que de mourir. Sur ce, j'ai baissé la tête pour m'en retourner vers les embarcadères tout en soutenant la vieille dame par le bras.

« Mon Dieu, gémissait-elle, c'est épouvantable ! »

Se sentant faiblir, elle s'est blottie contre mon épaule et nous sommes allés nous asseoir sur un banc de la gare routière, où elle a ouvert son sac et décapsulé une fiole pour se mettre sous la langue un comprimé de nitroglycérine. Un adolescent désespéré venait de périr devant nous et cette tragédie valait bien une crise d'angine. J'ai jeté mon écharpe puante dans une poubelle, puis la dame s'est coulée au fond du banc et a clos les paupières. Nous sommes restés un certain temps sans parler, au milieu des voyageurs éberlués qui se jetaient les uns aux autres des regards de condamnés, mais des pensées me tournaient la tête et l'estomac : « Ç'aurait pu être moi…, on dirait que c'est moi… »

Fermant les yeux à mon tour, j'ai vu courir un enfant blond qui promenait par les ruelles sa dégaine de chenapan, le nez glaireux, sans savoir qu'un jour il dégringolerait d'un pont et mourrait en pleine rue. Ce gamin avait dû rire de joie, les jours fastes, des caramels plein les poches, les yeux brillant de l'orgueil de ses péchés. Mais comme il avait dû souffrir aussi, dans la solitude de ses derniers moments, le visage fouetté par le vent. Mais voici que, devenu un être de poids aux yeux de tous ceux qui contemplaient craintivement son immobilité surnaturelle, ce jeune mort semblait un ami, un frère, un fils, parce que, quand un homme meurt, c'est comme si tout le monde mourait, et ce garçon méritait bien d'être, pour quelques instants, de toutes les familles.

C'est alors que la vieille dame a rouvert les yeux pour consulter sa montre. « Cinq heures vingt, a-t-elle soupiré, ça fait déjà vingt minutes. Et dire qu'un jour ça fera déjà vingt ans. » Puis, tirant un mouchoir de sa manche : « Des fois, on songe à nos morts et on se dit : déjà un an, déjà cinq ans, dix ans, c'est épouvantable. »

Pendant qu'elle séchait ses larmes, des abrutis accusaient ce garçon d'avoir fait exprès de mourir à l'heure de pointe, pour embêter tout le monde et se faire remarquer, ou par esprit de rébellion, pour imposer l'anarchie. Puis, dans un crissement de freins et une puanteur de gaz, notre autobus est venu s'arrêter devant nous. Les passagers en sont descendus en trébuchant, les yeux tournés vers la foule au pied du pont, ensuite j'ai aidé la vieille dame à monter à bord. Elle a glissé un ticket dans la boîte et moi, une poignée de pièces, puis nous avons pris place au fond du bus, où j'ai fait coulisser une fenêtre pour respirer.

Au moment où l'autobus s'ébranlait bruyamment, la pluie s'est mise à tambouriner sur le toit et à zébrer les vitres. « Ça va faire du bien, a dit la passagère derrière nous, la pluie va tout laver. » Nous sommes repassés près du lieu de la tragédie où des parapluies se bousculaient au milieu des gyrophares. Une mort si violente, si foudroyante, pouvait-elle stupéfier l'âme au point de la laisser subsister un instant dans l'illumination de la surprise, pétrifiée entre ciel et terre, entre l'existence et le rien ?

« Demain, a prophétisé la vieille dame, il y aura des fleurs au pied du pont. »

Les journaux s'empresseraient de publier la photo de ce visage qui avait failli vivre et les fleurs embaumeraient sa solitude qui se prolongeait dans la mienne. Car j'étais seul, malgré les autres et malgré moi. Les lumières des faubourgs passaient sur les vitres de l'autobus, se reflétaient dans les rues satinées de pluie, et j'y voyais un monde crépusculaire où jamais nous n'aurions notre place, ni lui ni moi. Pourtant la grâce n'est presque rien, la grâce n'est qu'un peu de chance, la chance de naître au bon endroit, au bon moment, avec la bonne tête sur les épaules et les bonnes croyances dans la tête, mais les promesses de notre naissance s'étaient évanouies et j'éprouvais le sentiment de vivre dans une bouteille. Les bruits me provenaient assourdis d'un autre monde, comme si les grondements du moteur et les conversations des voyageurs s'étaient fondus dans le bourdonnement d'un rêve ralenti.

Au bout d'un moment, la dame m'a tiré de mon assoupissement pour m'annoncer qu'elle descendait au prochain arrêt. J'ai fait oui de la tête et me suis levé avant elle, puis je suis sorti par la porte arrière tout en lui prêtant la main. Elle aurait préféré voir nos chemins se séparer, je l'ai lu sur son visage nébuleux, mais nous nous tenions côte à côte sur le trottoir et l'autobus s'éloignait dans un tourbillon de déchets. Sans échanger un regard, nous nous sommes mis en marche au milieu du tapage d'une artère commerçante, où brillaient les devantures des magasins, les stations-service, les motels et les restaurants.

Cinq minutes plus tard, nous bifurquions dans une avenue plantée d'arbres bourgeonnants, et peu après nous nous immobilisions devant le hall vitré d'un immeuble d'habitation, où la dame s'est mise à fourrager son sac à main, feignant de chercher ses clés, mais elle s'inquiétait pour rien. Je lui avais déjà suscité beaucoup d'embarras, aussi lui ai-je fait mes adieux. Restée debout dans le hall brillamment éclairé, la vieille dame s'est troublée comme une enfant coupable et m'a rappelé dans la rue pour me tendre un billet de vingt dollars en dédommagement de la perte de mon écharpe, mais je lui ai fait de la main un signe négatif et je suis parti pour de bon, la pluie gouttant de mon nez froid.

* * *

Le lendemain après-midi, je fumais pensivement sous les cieux gris et les arbres nus, assis sur un banc sale du parc Sainte-Marie, face à la prison Parthenais. Autour de moi les pelouses lépreuses, semées d'étrons de chiens, de préservatifs usagés et de bouts de cigarettes, se hérissaient de seringues souillées. Ça sentait à plein nez le printemps montréalais.

Sur un banc voisin, deux grosses jeunes femmes, chacune avec son bébé dans un landau, fumaient comme moi des cigarettes de contrebande achetées chez les Mohawks. L'une parlait de son père qui, devenu l'esclave de ses saletés à cause d'un dysfonctionnement des sphincters et d'une sclérose du nœud vital, avait tenté de se suicider en buvant du Drano, un déboucheur de canalisation à la soude caustique, mais il s'était raté et on avait dû pratiquer l'ablation de l'œsophage et le remplacer par un segment du côlon.

J'écoutais d'une oreille les échos atroces de la vie ordinaire tout en songeant à l'époque où, haut comme trois crêpes, je jouais dans ce quartier, le Faubourg-à-la-Mélasse. Nous habitions un modeste logis de la rue Fullum, devant l'église Saint-Eusèbe. Ma mère roulait des cigarettes chez Macdonald Tobacco comme sa propre mère autrefois chez General Cigar, et mon père foutait des embryons dans tous les utérus qu'il croisait dans sa traversée névrotique des nuits. J'allais à l'école primaire Jean-Baptiste-Meilleur et je ne comprenais rien de ce que les maîtresses rabâchaient. Un matin, des policiers ont déboulé dans la classe en hurlant et ils nous ont obligés à nous coucher par terre le long d'un mur, serrés les uns contre les autres, tête-bêche. J'avais le visage plaqué contre les cuisses nues d'une fille et je voyais s'ouvrir un monde troublant sous sa jupe. Son jeune sexe, dissimulé sous le tissu tendu de la culotte, murmurait mon nom, et pendant ce temps des tireurs d'élite se postaient sur le toit de l'école. Les points de visée étaient les fenêtres d'un logement de la rue Fullum, où un désespéré s'était barricadé avec un fusil de chasse. Or, ce forcené, c'était mon père. Ce logement, c'était mon chez-moi où j'avais toutes mes petites choses. Et la femme morte dans une mare de sang aux pieds de mon père, le cœur arraché d'une décharge de chevrotine, c'était ma mère. Pourquoi y penser vingt ans plus tard ? Parce que, au fond, mon père n'était pas si différent du jeune homme mort la veille sous le pont Jacques-Cartier, de l'autre côté du fleuve, à Longueuil. Mon père, il y a vingt ans, ainsi que le jeune suicidé, avait comprimé le temps d'une vie pour en exprimer violemment toute l'amertume, et l'univers s'était ramené au moindre de ses instants – l'instant zéro, fatal et décisif. La différence, c'est que mon père, avec sa haine, avait expulsé des flots de ténèbres, ce qui l'avait lavé de sa démence et laissé propre à vivre, repenti, à la lisière du monde, tandis que le garçon du pont Jacques-Cartier, disparu sans connaître la vérité sur le feu de sa naissance et le secret de son mal, tomberait sans fin en lui-même, vers le rien, où il se mourrait seul éternellement, plus dépouillé que personne, plus pitoyable que mon père qui, lui, ayant prostitué le cœur d'une femme innocente, en avait été nanti d'une destinée toute renouvelée.

Là-dessus, j'ai catapulté mon mégot et je suis parti. Par la rue Logan j'ai gagné l'avenue De Lorimier, puis les abords du pont Jacques-Cartier long de deux milles. J'ai traversé les rampes d'accès en zigzaguant entre les voitures et j'ai enfilé le trottoir accroché au flanc du pont, en saillie au-dessus du vide. Avançant à longues enjambées, je me hissais dans l'air agité qui brassait les relents des malteries. Tout en bas, l'île de Montréal finissait abruptement dans l'eau, comme la Terre jadis, plate et cernée d'abîmes. À gauche, vers le nord-est, je distinguais au lointain les chemins d'eau, balisés de bouées à photophore, qui sinuaient vers l'Atlantique ; et, à droite, vers le sud-ouest, s'élevaient les gratte-ciel du centre-ville. J'ai alors atteint la section en treillis, où le vent sifflait fort dans les poutrelles. Sous moi, les piles plongeaient dans le fleuve, cent cinquante pieds plus bas, et au passage des poids lourds le ruban de bitume de la passerelle se dérobait sous mes pieds comme le plancher d'un train. Ensuite j'ai atteint les rives de l'île Sainte-Hélène et ses flancs boisés. Passé l'île et la tour de pierre de Lévis, la passerelle remonte pour franchir le chenal Le Moyne et la voie maritime des Grands Lacs au-dessus de laquelle le pont culmine. De là, la vue embrasse toute la Rive-Sud, et après ce point la passerelle descend vers Longueuil. Me guidant sur l'hôpital Charles-Lemoyne, je promenais mes regards sur les banlieues et j'ai repéré au loin le clocher de l'église Notre-Dame-de-l'Assomption, près de laquelle j'ai mon appartement minable, rue Georges, un sous-sol aux murs moisis. J'ai pensé :

« Un million d'individus vivent là, sous mes yeux, mais je ne vois personne et je n'ai pas d'amis. »

Un peu plus loin, au-dessus du boulevard Lafayette, je me suis penché sur le garde-corps du pont. Je pouvais voir tout en bas, au bord de la chaussée, les couleurs vives des gerbes de fleurs et les petites flammes de dizaines de cierges.

« C'est ici, il se tenait juste ici… »

Il y avait peut-être une trouée, à l'endroit même où je me tenais, une déchirure dans l'invisible par où le jeune homme était passé de l'autre côté des choses pour y dénouer son calvaire, et d'infimes tourbillons agitaient encore l'atmosphère.

« Il était ici, il a vu tout ce que je vois, il a respiré l'air que je respire. »

Son dernier souffle flottait autour de moi et me glaçait la nuque, me chuchotait à l'oreille des supplications incompréhensibles. Les mains crispées sur la rambarde, je sentais le pont trépider au passage des véhicules et je me demandais si la mémoire du suicidé lui survivrait quelque part, dans des sphères inconnues ; si les morts s'agiteraient à nouveau, un jour, dans ces espaces déshérités. C'est comme si j'avais voulu rejoindre ce garçon dans l'éloignement des siècles à venir, ou toucher par l'esprit ces enfants que nous redeviendrons peut-être un jour, si l'univers avait la folie de reprendre son œuvre et d'insuffler aux disparus le désir de revivre.

« Non ! Fais pas ça ! »

Ces cris m'ont fait tressauter et j'ai tourné mon regard vers une fille vêtue d'un blouson de cuir, qui s'approchait avec précaution, les yeux à fleur de tête. Venant de Montréal dans mon sillage, elle avait fini par me rattraper, et j'étais d'autant moins ravi de la voir apparaître qu'elle portait des jeans si serrés que la couture de la fourche fendait jusqu'au noyau la pêche de son sexe.

« Saute pas ! »

Je ne sais pas pourquoi, mais j'ai pensé à cet instant qu'un tel visage sanguin, niché dans une débauche de cheveux noirs, est l'image fidèle et insoutenable du pubis de la femme, la lésion des nymphes dévoilées.

« Qu'est-ce que ça peut te foutre, que je saute ou pas ?

– Il faut vivre, c'est important.

– Ah oui, c'est vrai, la vie est belle, j'oubliais, et l'amour est plus fort que tout, et le rire nous sauve du cancer, c'est bien ça ? C'est ce que tu veux me fourrer dans le crâne à coups de marteau ?

– T'es méchant. »

Sans lâcher la rambarde, je lui ai demandé de me citer une seule bonne raison de ne pas me précipiter par-dessus bord. Elle a hésité, puis elle m'a répondu : « Pense à ta mère, à ton père. » J'ai éclaté de rire et j'ai dit : « Ma mère est morte depuis vingt ans et mon père est en prison.

– C'est pas une raison pour te tuer. »

À ce moment-là, le soleil a percé les nuages et un faisceau de rayons a balayé la banlieue et glissé vers le pont. Il y avait si longtemps que je n'avais vu ce foutu soleil que les choses ont comme pris feu dans l'atmosphère. Le bitume s'est mis à chauffer et l'air à vibrer, puis j'ai senti mes mains se détendre, mon corps s'ouvrir à la chaleur. L'instant d'après, le pinceau de lumière s'est déplacé pour éclairer l'île Sainte-Hélène, puis l'île est retombée dans l'ombre et bientôt la brèche dans le ciel s'est refermée.

« As-tu vu ça, mam'zelle Chose ? As-tu vu les beaux rayons tomber du ciel ? Tu me dis pas que c'est un miracle ? Un signe du petit Jésus ou de la Sainte Vierge ? »

La jeune fille a soupiré fort en hochant la tête de vexation, puis elle m'a dépassé en me conseillant de me jeter dans le vide si ça me chantait, qu'elle n'en avait finalement rien à foutre. J'ai flairé son parfum et l'ai regardée s'éloigner sans riposter. Elle a tout de même eu le courage de ne pas se retourner une seule fois. J'avais ce que je méritais, et c'est seulement alors que je me suis mis à penser à ma mère. La nuit avant sa mort, j'avais été pris d'une crise de faux croup et m'étais réveillé en poussant des cris de détresse. Étranglé par des spasmes du larynx, je râlais comme un moribond, puis, me sentant glisser dans la mort, je m'étais agrippé du regard à mes jouets – mon épée de plastique, mon gant de baseball, ma toupie à musique –, quand soudain j'avais vu ma mère apparaître et senti la caresse d'une débarbouillette fraîche sur mon visage brûlant. Ensuite de quoi elle m'avait fait des embrocations, m'avait appliqué sur le torse des linges graissés de lard chaud à la moutarde. Au bout d'une heure elle avait réussi à m'apaiser et je m'étais rendormi comme un animal, couché en foetus, sans rêves. Le matin, à mon réveil, j'avais vu que ma mère avait épinglé des talismans à mon maillot de corps : une médaille de la Vierge et un petit carré de paraffine camphrée. Elle dormait encore quand je suis parti pour l'école et je regrette infiniment de ne pas l'avoir embrassée ce matin-là, mais jusqu'à mon dernier soupir je reverrai son visage baigné d'un brouillard mélancolique, les voiles de sa nuisette rose, ses yeux bruns et ses cheveux brillants, ses mains douces massant ma gorge maigre.

Depuis lors, dans le silence des années qui passaient, j'échafaudais les vues d'un autre monde gouverné par d'autres dieux, soumis à d'autres principes ; un nouveau monde prisonnier des miroirs où l'on avait le cœur à la place du foie et le fiel au cœur, un monde renversé, perverti, où le retournement des visages, des gestes, des lois – de l'être tout entier – pourrissait les vertus, la vérité et l'amour. Dans un tel monde irrespirable je pouvais à satiété accuser le vice, le mensonge et la haine de m'avoir ravi mes espoirs de bonheur, mais j'y étais si seul, si pauvre et si carencé que je me demandais si j'y vivrais encore longtemps.

Devant ce paysage de misère, je n'étais pas loin de mon pauvre vieux monde, aussi ai-je décidé de rebrousser chemin et de retraverser le pont Jacques-Cartier jusqu'à la prison Parthenais. Avec un peu de chance, on m'accorderait une seconde visite ce jour-là et je reverrais mon père, cet homme au regard obscurci par toute une vie sans vrais amis. Que signifiait à ses yeux, vingt ans plus tard, la mort de ma mère ? Se voyait-il, lui aussi, comme tous les assassins, moins coupable aujourd'hui qu'autrefois ? Les années gâchées au fond de sa cellule rachetaient-elles le massacre de cette vie innocente ? N'éprouvait-il pas une nausée suicidaire à l'idée qu'agissaient en lui, patiemment, les forces occultes de l'oubli ? J'allais lui poser toutes ces questions envenimées et il avait intérêt à cracher la vérité vraie. Quant à moi, je n'avais toujours pas décidé si je lui pardonnerais son meurtre ou si je le tuerais de mes propres mains. En lui je voyais toujours converger les pires monstruosités des hommes, mais j'avais moins peur qu'autrefois à cause de l'espace et du temps que j'avais osé mettre entre nous. Certes, j'avais hérité de lui des tares qui m'empêchaient d'être heureux, mais j'apprivoisais l'idée que ce legs empoisonné ne devait pas être le fait d'un acte conscient de rancœur, mais bien plutôt d'une catastrophe dans les profondeurs de l'ascendance. Autrement dit, je ne pouvais lui tenir rigueur de tout, et certainement pas de l'entièreté de mon désastre. Ainsi, et je voyais clair enfin, le suicide du jeune homme du pont Jacques-Cartier avait été une remise de soi sacrificielle au monde, et sa vie perdue se prolongeait en moi pour me frayer un chemin dans la nuit. Jusqu'où ? Jusqu'à l'homme que je devais devenir, par-delà les pièges du sang et les revers, au mépris des accès de vague à l'âme qui m'annihilaient si souvent.

Une énigme capitale persistait pourtant : si l'amour des femmes ne suffisait pas à faire ouvrir les yeux des hommes à la lumière, sous l'empire de quelles toutes-puissances pouvions-nous espérer cet éblouissement, le mystère de la vie heureuse ?

* * *

Quand j'étais petit, dans notre humble logis sans livres au cœur du Faubourg-à-la-Mélasse, ma mère me bordait dans mon lit tous les soirs et ses mots chuchotés me préparaient à « dormir comme la Loire », disait-elle, puis la noirceur baignait mon lit comme la mer au loin devait baigner les îles. Et puis, quelques années plus tard, j'ai lu *Les Aventures d'Alice au pays des merveilles* et j'ai compris, grâce au loir ensommeillé à l'heure du thé, qu'il faut plutôt dire « dormir comme un loir », mais ma mère ne le saurait jamais.

LA MORT HEUREUSE

Ma mère pleurait des larmes de sang, mon père sombrait dans une dépression mentale dont il ne se dépêtrerait pas de sitôt, et mes grands-parents nous ramassaient à la petite cuillère, mais nul ne pouvait m'aider et je n'étais d'aucun secours pour personne. Songeant sans cesse à mon frère Alain, je le cherchais partout, et dès qu'on m'adressait la parole je criais, puis la rage de foncer droit devant moi me précipitait dehors, sous des chaos de nuages illisibles.

Lancé dans les rues, sur des boulevards qui singeaient l'horizon, je fuyais aussi loin que possible, poussant parfois jusqu'à Sainte-Dorothée, parfois jusqu'à Saint-Vincent-de-Paul, mais la plupart du temps j'échouais dans les immenses centres commerciaux du cœur battant de Laval. On ne pouvait pas aller plus loin à pied, sous peine de mort, à cause des friches marécageuses, des zones industrielles, des installations électriques, des voies rapides et des chemins de fer. C'était là la fin du monde habitable, mais aussi de la vie intérieure et de toute forme d'espoir. Il fallait tout de même encore traverser des parkings vastes comme des maladies mentales pour atteindre les hypermarchés ligotés d'autoroutes. L'été, il y avait quelque chose d'infernal dans la scintillation du soleil sur les autos brûlantes, quand des mirages ondoyaient au-dessus des carrosseries, et je gagnais vite les lourdes portes vitrées que je poussais d'une fesse pour pénétrer dans le grand fantasme occidental climatisé.

J'errais d'abord dans un *magasin à rayons* qui tirait son nom, croyais-je, des éclairs au néon qui inondaient les lieux, puis je débouchais dans les couloirs surpeuplés où l'on déambulait au ralenti, en quête du bonheur en solde dans les vitrines aux fascinants reflets liquides. Au milieu de la cohue, je ressentais avec violence le magnétisme désespéré des religions, car Dieu hantait ces capharnaüms baignés de musiquettes, où le peuple moutonnier se rameutait pour se bercer d'histoires abracadabrantes et pour se convaincre qu'on l'aimait et qu'on l'avait choisi parmi les multitudes. L'éternel dieu trompeur, je le devinais dans tous les regards et dans le piétinement de troupeau de la foule, dans la rage des achats compulsifs, dans les fracas de fête machinale qui fusaient de la salle des billards électriques. Autour de moi battaient les cœurs en joie, frémissaient les âmes enlevées par la félicité, mais l'illusion du nombre et du mouvement noyait dans le tumulte la solitude de chacun, dont la mienne, ma solitude absolue, et poussé par la tristesse j'allais m'acheter une glace à la confiserie Laura Secord pour chérir le fantôme de mon frère qui avait travaillé là l'été de ses dix-huit ans, ses beaux cheveux longs enserrés dans une résille, à échafauder aimablement des cornets de crème glacée et des banana split pour des milliers d'enragés de glucose.

Pendant ses pauses, il lisait quelques pages de ses philosophes allemands, de ses dramaturges féroces ou de ses poètes maudits, notait ses pensées dans un carnet ou discutait avec un ami venu le saluer, mais ces visites étaient de plus en plus rares, puisqu'il avait de moins en moins d'amis. Depuis plusieurs mois, ceux-ci venaient me voir en secret pour me prévenir de ses incohérences et de ses déséquilibres : « Ton frère est en train de capoter, disaient-ils, fais quelque chose. » Mais je ne faisais rien, je ne savais pas quoi faire.

Les derniers mois de l'année scolaire et l'été de ses dix-huit ans, Alain avait passé presque toutes ses soirées cloîtré dans sa chambre, à fumer du haschich dans un shilom d'Afghanistan, à noircir des pages et à lire d'épais bouquins et de fines plaquettes qu'il ramenait de la bibliothèque, et rien ne l'intéressait plus que cette quête silencieuse et hypnotique. Malheureusement, ce qui le fascinait n'intéressait personne, et lui-même abhorrait les groupes de rock, les films de violence et les imbécillités de la télévision. Il était si déphasé qu'il allait à l'école chaussé de bottes de cosaque et que, pour impressionner une voisine introvertie qui fréquentait la Laval Liberty High School, il avait ébauché une pièce de théâtre en anglais, *Infante dom Pedro*, sur ce roi du Portugal qui fit couronner le cadavre de son épouse.

Après souper, avant de se claustrer dans son mutisme avec ses livres et ses écrits, Alain allait traînasser dans les rues obscures du quartier, le long de la rivière des Prairies ou dans les parages de l'île aux Fesses. Il m'interdisait de le suivre, mais un soir je l'ai vu dans la rue voisine se faufiler sur un terrain vague resserré entre un entrepôt et l'atelier d'un débosseleur de carrosserie, ramper par-dessous une clôture et dévaler le ballast pour s'aventurer sur la voie ferrée du Canadien Pacifique qui court au fond d'une tranchée. J'ignore ce qu'il fabriquait dans ces lieux sinistres, mais, la nuit, quand il ne rentrait pas, je le voyais en rêve se précipiter sous les roues d'un train.

* * *

Un samedi de juin, vers midi, mon frère voulut que je l'accompagne quelque part. Nous sommes partis à pied, comme d'habitude, et il s'est mis à me parler de la pluie et du beau temps, tellement la langue lui démangeait, puis il est entré dans le vif du sujet et m'a appris la nouvelle : Maryse en avait assez de leurs querelles et elle avait rompu avec lui. Elle était donc libre comme l'air et je pouvais l'avoir d'un claquement de doigts. Alain n'avait pas l'habitude de dire de telles insanités, alors je l'ai traité de fou et j'ai soudainement compris le désarroi de ses amis. Mon frère m'a répondu que de nous deux le fou c'était moi : il fallait l'être gravement pour dédaigner une fille comme Maryse, si riche de potentialités, bien faite de partout, avec une solide tête sur les épaules – d'ailleurs il la comprenait de l'avoir répudié, il ne lui en voulait pas, il aurait fait la même chose à sa place, mais en attendant elle pourrait me déniaiser, il était grand temps que je connaisse des filles physiquement, et Maryse serait parfaite pour moi. Il m'avait frayé la voie jusqu'au sanctuaire et quand il couchait avec elle il pensait toujours à moi, à moi avec elle, alors il me l'offrait, il me la donnait et je pouvais en faire ma chose. Son délire m'avait soufflé et j'aurais voulu lui répondre quelque chose, mais rien ne franchissait mes lèvres closes. Tout à coup Alain a dit : « C'est ici, on est arrivés. »

À ces mots, il avait obliqué vers la porte vitrée de Monsieur Tattoo, un salon de tatouage du boulevard des Laurentides. J'ai fini par apprendre qu'il voulait se faire marquer sur l'avant-bras gauche le nombre 2011942. Le type chez Monsieur Tattoo, un Hells Angel morose, avait haussé les épaules et s'était mis au travail. Faisant cercle autour de nous, tous assis à califourchon sur les chaises devant-derrière, cinq ou six motards barbus et coiffés à la viking, vêtus de cuir clouté et de vestes en jean sans manches, se balançaient en nous examinant à travers la fumée de marijuana. L'un d'eux, celui à l'anneau corsaire à l'oreille, avait des svastikas tatoués sur ses énormes biceps ; les autres avaient la peau tapissée de démons psychédéliques, de têtes de mort et d'insignes de la Luftwaffe. Pendant que le tatoueur piquait au dermographe des pigments bleus sous l'épiderme de mon frère, je me tenais coi dans l'ombre, mais c'est alors qu'Alain, se foutant des Hells Angels, m'avait dit, très fort, pour couvrir le son de la télé qui diffusait un clip de Madonna, que ce chiffre qu'il aurait bientôt dans la chair évoquait le 20 janvier 1942, date de la conférence de Wannsee, quand les Allemands avaient officiellement mis au point l'application de la solution finale, le nettoyage d'ouest en est de toute l'Europe infestée de Juifs. Puis, levant les yeux vers Madonna à la télé, mon frère avait dit aux motards : « Baissez donc le son de votre maudite T.V. ! Je peux pas la blairer, cette fausse cochonne ! » Personne n'avait bougé, mais tout le monde avait ri. Les Hells Angels aimaient bien mon frère.

Peu après, au sortir de l'établissement, entre les choppers Harley-Davidson, mon frère m'avait lancé en riant, son bras pansé dressé en direction du salon dans un simulacre d'érection :

« Ces gros singes sont tellement débiles qu'ils prennent mon tatouage pour un hommage aux nazis ! »

* * *

Chez Laura Secord je commandais toujours une glace à la pistache, le parfum préféré de mon frère. Pendant quelques mois, j'ai été servi par des employés qui l'avaient connu, des jeunes comme lui qui avaient besoin d'argent de poche, et quand ils me reconnaissaient ils me confiaient des gentillesses et se disaient inconsolables. Certains me parlaient de son matricule que tout le monde pouvait voir quand il tirebouchonnait ses manches pour mouler au cuilleron des boules de crème congelée, ce tatouage troublant qui avait poussé plus d'un ignorant à s'absorber dans un manuel d'histoire, mais peu à peu ils sont tous partis, remplacés par des inconnus. Dès lors, mon cornet englouti, je quittais les lieux sans parler à personne.

* * *

Le mois d'août s'achevait, ce serait bientôt la rentrée des classes, mais mon frère n'avait nullement l'intention de poursuivre sa scolarité au-delà du minimum vital des études secondaires. Il parlait plutôt d'aller trafiquer les rubis dans le Karakorum et l'héroïne en Afghanistan, ou d'aller prospecter les encaissements de tous les chaînons du Yukon, où il y a encore de l'or dans les rivières, où autrefois on trouvait de grosses galettes d'or natif, « comme des sandwichs au fromage », disait mon frère. Ou il irait féconder des Indiennes du Grand lac des Esclaves, « et je serai papa d'un Flanc-de-Chien ou d'un Loucheux », avait-il dit en éclatant de rire. Son humour m'échappait souvent, néanmoins je calquais sa physionomie et m'efforçais d'accorder mes exclamations avec les siennes. D'autres jours, il voulait se sauver au Mali, au Mexique, au Tibet, au Yémen.

Août s'achevait et mon frère et moi mangions des hamburgers et des frites en plein air, l'arrière-train posé sur un banc public du parc Stanley, pendant qu'un chien jaune nous reniflait les semelles.

« Il pue la souris, dit Alain, il doit avoir la gale. »

Devant nous, un monde renversé ondulait à la surface de la rivière des Prairies – la presqu'île du Marigot, la marina Commodore d'où les hydravions escaladaient le ciel et grimpaient vers les nuages, le pont Ahuntsic qui portait les autos et les camions par-dessus la rivière. Un écriteau fiché à côté du banc nous apprit que le nom du quartier Ahuntsic provient du surnom donné par les Hurons au jeune guide français qui se noya dans un sault tout près de là, en 1625, avec le récollet Nicolas Viel.

« Ça, me dit Alain, j'aurais adoré le faire.

– Te noyer ?

– Mais non, tête de pioche : parcourir la Huronie en canot, autrefois, avec tous ces aventuriers.

– Il fallait avoir la foi.

– Pas besoin. J'aurais pas été missionnaire, mais explorateur, coureur des bois, négociant en peaux. J'aurais appris les langues indiennes et me serais collé avec une Ojibway du Minnesota ou une Cree de la baie James. J'aurais vécu en pleine forêt, au bord de cent mille lacs, et j'aurais eu cent un enfants, dont cinquante et une filles.

– Pourquoi, cinquante et une filles ?

– Pour que la fille en trop devienne la conscience du monde, l'infime pourcentage essentiel à la vie intelligente. »

En disant ces mots, mon frère s'est ébouriffé les cheveux pour se donner l'air d'un philosophe fulgurant, ensuite il s'est esclaffé et a donné les restes de son hamburger au chien jaune.

« Tu te rends compte, a-t-il dit en hochant la tête de dépit, le monde entier crie pour que je le dévierge, et moi je fais quoi ? Des cornets et des banana split pour les parvenus de la planète… »

C'est alors qu'une fille au teint laiteux, aux longs cheveux blonds et aux dents parfaites comme des perles, une beauté qui pouvait avoir l'âge de mon frère, a surgi dans notre champ de vision pour nous tendre un prospectus de l'Église évangélique libre. Alain a relevé le front, l'air questionneur, puis, réjoui, s'est écrié : « Un oxymoron ! » La jeune fille n'y comprenait rien et Alain n'expliquait rien, préférant lui demander : « Est-ce avec toi qu'on communie ? Est-ce toi qui nous emmènes au ciel ? » Un sourire indéchiffrable flottait sur les lèvres de la fille qui a répondu que non, que son « Église libre » était née de la Réforme du XVIe siècle, ce qui ne devait laisser planer aucun doute sur le sérieux de l'opération, puis, pour que mon frère ôte les yeux de ses seins glorieux qui gonflaient son chemisier, elle a tapoté du doigt sur le tract pour nous faire lire les paroles de saint Jean Bouche d'Or, un des Pères de l'Église : *Dans les choses essentielles, l'unité ; dans les choses secondaires, la charité ; en toutes choses, Jésus-Christ.*

« Ça y est, a dit Alain, ta religion commence déjà à nous casser les parties. »

Sur quoi la fille a fait rebondir la conversation pour ajouter d'une seule haleine, dans l'espoir de nous tenter, que l'Église évangélique libre n'est pas exclusive mais inclusive, que l'épître aux Galates rejette le légalisme et que le don de soi est l'expression ultime de l'amour – et jusque-là tout baignait dans l'huile, mais en même temps Alain et moi lisions du coin de l'œil le feuillet : *Mais lorsqu'on considère les épîtres aux Corinthiens et l'épître aux Romains, on trouve que l'apôtre repousse ceux qui abusent de la liberté et vivent de façon désordonnée.*

« Franchement, a dit Alain d'un ton désolé, c'est sans espoir, on est disqualifiés. »

Il a néanmoins remercié la fille de s'inquiéter de notre bonheur métaphysique, puis il lui a dit que nous étudierions tout de même sa réclame et soupèserions ses doctrines. Après tout, des conversions, ça s'était déjà vu, et il a cité les exemples de Constantin le Grand, de Saül sur le chemin de Damas, de George Harrison converti au sitar. La fille n'a même pas ri. Son Église occupait un local commercial de la rue Lajeunesse, à côté du Café Chrétien, et il n'était pas impossible qu'elle nous y voie un jour resurgir. Sur ce, elle a filé faire son prosélytisme plus loin, où elle est tombée sur un couple d'homosexuels, mais je continuais à la reluquer. Elle avait des fesses de rêve, bien mûres à fendre, en paquet-cadeau.

« Je te parie une bouteille de tequila que je la baise dès ce soir, a dit mon frère. Je lui fais voir des dieux toute la nuit et je la convertis à ma queue de chamane. »

Cette fois, j'ai répliqué : « Et Maryse ?

– Qu'est-ce qu'elle a, Maryse ?

– Elle t'aime encore, je le sais.

– *Fuck*, Maryse ! Qu'elle m'aime, si elle a rien de mieux à faire dans la vie, c'est son problème. Moi, je suis ailleurs. »

Là-dessus, mon frère s'est levé d'un bond et m'a fait un clin d'œil en amorçant le geste de se jeter aux trousses de la fille.

« Tu vas pas faire ça pour de vrai ? »

Ce à quoi Alain m'a répondu par une question :

« Se contenter de ne pas être mort, est-ce vivre ? »

* * *

Mon frère est rentré au milieu de la nuit. Ne dormant que d'un œil, je l'ai entendu descendre au sous-sol en étouffant ses bruits pour ne pas réveiller nos parents qui dormaient au rez-de-chaussée. Il a poussé la porte de ma chambre, a allumé le plafonnier et m'a lancé :

« Match nul ! On se doit chacun une bouteille. »

Je me suis dressé sur mon séant, aveuglé par la lumière.

« Qu'est-ce que tu fais couché si tôt, toi, tout nu comme une larve ? Tu te masses le tube en fantasmant sur Maryse ?

– Hostie que t'es con ! »

Les paupières engluées, je lui ai balancé un oreiller à la figure et j'ai entendu l'entrechoquement des bouteilles de tequila.

« Habille-toi, petit frère, on va aller s'humecter les amygdales. »

Je me suis mis debout, les plis de l'oreiller imprimés en creux sur le visage, une touffe de cheveux gras rebiquée en crête de coq, et j'ai enfilé un soulier et la manche d'une chemise tout en tâchant de me reculotter sur une jambe. Mon frère m'a traité de flamant rose, a ridiculisé mon torse maigre et mes fesses glabres – mes « deux lunes en peau de menton » –, mais j'ai réussi tant bien que mal à me rebraguetter, la chemise boutonnée de travers.

« T'as vu ? J'ai ramené de chez l'exaltée un Nouveau Testament tout neuf. »

Il avait déjà arraché une dizaine de pages du livre sacré pour rouler des cigarettes de cannabis dans le papier bible. Il m'a fait voir les joints dans la poche de poitrine de sa chemise, puis il a abandonné le Nouveau Testament sur ma commode et nous avons quitté la maison sur la pointe des pieds. Dehors, pas une feuille ne tremblait, mais l'atmosphère vibrait des stridulations des grillons. Tout le monde rêvait dans les maisons noires et nos pas résonnaient dans les rues étouffées par les arbres surplombants. L'haleine de la rivière des Prairies se répandait par bouffées à travers le quartier, se mêlant aux senteurs sucrées de cire chaude exhalées de la manufacture de chandelles de la montée du Moulin. Ma première rasade de tequila m'a écorché les boyaux. C'était de la tequila frelatée, colorée au caramel, mais qui pouvait soûler son homme.

« Pas de citron ni de sel cette nuit, a dit mon frère. Aucune conquête à fêter. Pas de mélange non plus, l'homme boit sec quand il n'a pas lâché sa purée.

– Lâcher sa purée ? Où as-tu appris à parler comme ça, toi ?

– Dans les romans Harlequin. »

Passablement éméché, Alain avait commencé à boire sur le chemin du retour, au sortir de l'Église évangélique libre, et tout à coup il a dévoilé son secret : « On peut pas dire que je l'ai baisée, mais on peut pas dire que j'ai pas couché avec elle.

– Je comprends. D'où le match nul.

– Exactement. Mais c'est triste, une si belle fille qui connaît si mal son corps. C'est du gaspillage.

– Peut-être pas pour Dieu.

– Peut-être pas pour lui, non, a dit Alain en riant, mais pour les primitifs comme toi et moi, oui, je te jure.

– Donc, elle est restée monothéiste… »

À ces mots, Alain a failli s'étouffer et sa gorgée de tequila lui a giclé entre les dents avec son insulte : « Va chier, enfant de chienne !

– Eh ! Insulte pas ma mère, toi, espèce de trou de cul !

– Qui t'a dit que c'est vraiment ta mère et que je suis vraiment ton frère ? Pourquoi tu serais pas un enfant de chienne ?

– Va donc chier toi-même… »

Mon frère exultait, portait sans cesse la bouteille à ses lèvres et me toisait de travers, l'œil flamboyant, les cheveux en coup de vent. Je sentais confusément qu'il avait pris l'initiative de notre errance et je le suivais comme un caniche, m'emplissant l'estomac à grandes lampées d'alcool. Le boulevard des Prairies était désert à cette heure-là, excepté un taxi au loin, dont le lanternon luisait d'un éclat astral. Dans la tranchée du Canadien Pacifique, les rails brillaient sous les réverbères, puis nous avons pris le sentier planté de vinaigriers, à droite, qui s'ouvrait dans les herbes foulées jusqu'au pont ferroviaire de l'île aux Fesses, ce vieux pont de bois et de fer en hauts treillis rouillés. Des jeunes gens avaient réussi à se hisser sur la plus haute poutrelle de ce meccano géant, au-dessus de la voie, pour y peindre en grandes lettres blanches le mot LOVE.

« Vois comme c'est touchant, a dit Alain. Des idéalistes ont risqué leur vie pour l'amour. »

Nous avons enfilé la travée des piétons et au milieu du pont Alain s'est arrêté, puis sans mot dire il a franchi la rambarde pour se cramponner à la charpente métallique.

Ensuite, prenant appui sur des entretoises, il est descendu dans l'intervalle entre la passerelle et la voie ferrée. Serrant fort ma bouteille par le col, j'ai suivi mon frère et nous nous sommes perchés sur une poutre au-dessus de la rivière. Tout en tétant notre tequila à même le goulot, nous balancions les jambes dans le vide et laissions vaguer nos regards sur les eaux limoneuses de l'été qui puaient le poisson mort. Des nappes de joncs pourris tournoyaient à l'arrière-bec des piles, et parmi ces débris flottaient une carpe crevée et un brochet tronçonné par l'hélice d'un hors-bord. La lune glissait comme une lanterne en papier de riz dans la fumée des nuages, à travers les barres de fer croisées, et quelques étoiles scintillaient sur nos têtes, entre les traverses de la voie ferrée.

« Veux-tu fumer, mon frère ?

– Du hasch coupé à la bouse de chameau ? Non, merci. J'ai assez de ta tequila dans le sang. »

Forte de ses quarante degrés alcooliques, la boisson commençait à m'engourdir le corps et à m'abrutir l'esprit, et je me sentais devenir malheureux. Je pensais que ces eaux infectieuses, mille fois bues et évacuées par les hommes, avaient perdu jusqu'au pouvoir de baptiser les nouveau-nés, et que cette rivière couverte d'étranges rides gardait en mémoire des blessures secrètes, les griffures des noyés. Mon frère, lui, a déposé sa bouteille et a gratté une allumette. La main en lumignon autour de la flamme, il a allumé le joint qu'il s'était collé à l'angle des lèvres. J'ai vu rougeoyer son visage à travers sa chevelure, puis le tabac blond a grésillé et le long filament de résine a commencé à se consumer en spirales de fumée bleue. L'air s'est alors mis à remuer et j'ai senti un léger vent sur mes tempes en même temps que les premiers effluves de l'encens psychédélique.

« Ah, mon frère… Fumer du hasch népalais dans une page de l'Apocalypse… »

Alain avait agrippé d'une main l'arête d'une poutrelle et je voyais son matricule tatoué sur l'avant-bras, puis j'ai fermé les yeux un moment pour savourer la brise qui passait sensuellement ses doigts de femme dans mes cheveux.

Quand j'ai rouvert les paupières, mon frère soûl et drogué brandissait un revolver dans la nuit.

« *Fuck you !* Christ de fou !

– C'est un beau morceau, hein ? J'ai réussi à me payer ça avec mes banana split. »

C'était un revolver rose à canon court. « Un Charter Arms pas cher, a dit Alain en faisant jouer l'arme dans les rayons de lune, modèle Chic Lady, calibre trente-huit à cinq coups. Douze onces vide, quinze onces plein. Gâchette ergonomique. Un vrai charme.

– Il est chargé ?

– *Chief's Special load !* »

Il a éclaté de rire et a absorbé une gorgée de tequila, mais moi, exaspéré par ses bêtises, j'ai catapulté ma bouteille dans la rivière.

« Tu pars pour l'Église évangélique pour violer une croyante et tu reviens avec un revolver de femme... T'es un maudit malade...

– La blonde réformée m'a attendri le cœur avec son Jésus et j'ai pas pu m'acheter un fusil de gars.

– Et tu vas faire quoi, là, avec ça, concrètement ?

– Si je vais au Nicaragua, je vais en avoir besoin.

– Tu devrais plutôt retourner à l'école au lieu de nous faire chier avec tes voyages imaginaires.

– Ta gueule, morveux ! Tu connais rien à la vie. L'école, c'est un piège à rats, c'est l'entrée d'un monde abrutissant où on travaille toute sa vie sans en avoir envie pour se payer péniblement de quoi oublier le travail.

– C'est ça, oui. Mais quand t'as eu ta crise d'appendicite, t'étais bien content qu'un abruti t'opère d'urgence à l'hôpital... »

L'air contrarié, Alain a avalé une impressionnante goulée de tequila, ensuite, comme s'il n'avait pas entendu mon objection, il m'a expliqué que, dans les cellules bétonnées des écoles, des spécialistes tâchent de domestiquer les jeunes pour les chosifier dans toutes sortes de métiers et de professions absurdes, mais que c'est une erreur de se tuer à repousser sans cesse les limites de l'industrialisation, de la médecine, de la reproduction, de la possession et du savoir, puisque l'immense majorité des hommes resteront toujours, derrière la façade, des psychopathes sanguinaires, racistes, cupides et égocentriques.

« Le plaisir de haïr et de tuer est trop merveilleux. Il n'y a rien à faire pour le freiner, les hommes sont perdus d'avance. »

Il lisait beaucoup sur les calamités du monde, sur les guerres et les exterminations, et il pouvait parler longtemps des génocides et des peuples massacrés – les Ibos du Nigeria, les Ottawas contaminés par la variole, les paysans ukrainiens, les Tamouls du Sri Lanka, les Hereros de Namibie, les Achés du Paraguay, les Cherokees sur la route des lamentations, et tant d'autres que je connais grâce à lui. Et il s'inquiétait que la plupart des participants à la conférence de Wannsee aient été des docteurs en droit, en sciences politiques, en philosophie et théologie ; des fils de boulanger, d'agriculteur, de pasteur, de compositeur. Quand il entendait parler du « devoir de mémoire » et de l'espoir que « ces horreurs ne se reproduisent jamais plus », il se tordait d'un ricanement effrayant qui n'avait rien de comique.

« Et savais-tu qu'il naît toujours plus de garçons que de filles après les guerres, pour regarnir les armées du futur ? »

Alain voyait justement dans ce phénomène diabolique une conjuration éternelle du cosmos et des molécules contre l'homme, le règne du Mal comme principe universel, la richesse luxuriante du Mal. Devant cette avalanche de faits effroyables, l'éducation et l'instruction étaient des luxes inutiles, et mon frère m'a alors avoué qu'il ne tenait pas beaucoup à la vie. La peur de l'inconnu, le repliement narcissique, l'épargne et les instincts de reproduction et de survie lui étaient des concepts incompréhensibles, étrangers à sa nature indocile et autodestructrice. Il ne craignait pas davantage ce dieu mécanique et frigide qui avait dégorgé le monde et qui tenait lieu d'idole à cette chair à canon qui pullulait à ses pieds.

« Moi, m'a-t-il dit, je joue pas à l'imbécile avec Dieu, mais je lui dis face à face que son monde me fait vomir. Tu crois peut-être que je suis fou de dire ce que je dis, que je me condamne à la malédiction, mais tu te trompes. Quand je parle à Dieu et que je lui dis ce que je pense, il se sauve pas comme il le fait devant les masses d'attardés qui viennent lui parler bébé, mais il m'écoute et je vois dans ses yeux qu'il me respecte. Il pourrait m'anéantir d'un geste, me foutre une leucémie dans le sang ou un cancer dans les os, et il sait que je connais sa puissance infinie, mais il a de l'estime pour moi parce que je soutiens son regard et que je lui dis que c'est pas vrai qu'il aime davantage les pauvres, les enfants, les malades, les innocents. Dieu les méprise, surtout les vers de terre qui osent lui mendier des faveurs. En fait, Dieu respecte ceux qui le repoussent et lui crachent dessus, et quand parfois un de ces enragés faiblit et retrouve la foi, Dieu l'adore plus que n'importe qui, plus que les pauvres, les enfants, les malades et les innocents. Tout le monde se trompe, tout le temps, depuis toujours, et tout le monde va se tromper jusqu'à la fin des temps. Si Dieu était vraiment celui que les gens croient, il aurait su avant ma naissance ce que je ferais et dirais aujourd'hui, et il m'aurait refusé la vie, il m'aurait tué tout de suite pour m'empêcher de parler, mais je suis né et je parle, Dieu est donc d'accord, alors je dis que je le déteste, lui et son monde répugnant. J'ai peur de rien, surtout pas de la souffrance, et si je dois aller brûler en enfer j'irai et je brûlerai, mais Dieu me fera jamais taire. »

Devant toutes ces horreurs, la solitude, les balles perdues, les mines antipersonnel, les maladies et les privations n'étaient que des vétilles pour Alain qui souhaitait fuir son état larvaire pour traverser les pays mis à feu et à sang, où il voulait aider l'infime minorité des innocents au hasard de ses errances, dans le mépris souverain de Dieu et des tortionnaires. Il songeait au Nicaragua, à l'Angola, au Cambodge, au Liban.

« Je vais partir, très bientôt je vais m'en aller, mon frère. Pour un pays que tu ne connais pas.

– Va-t'en en Mongolie si tu veux, va-t'en au Zimbabwe, mais donne-moi ton revolver.

– Jamais de la vie.

– O.K., garde-le, mais viens-t'en, on va aller se coucher, t'es soûl, et moi aussi.

– Moi je dors ici sur ma poutrelle.

– Viens.

– Va chier ! »

Je l'ai alors saisi par une jambe pour l'arracher de force à la carcasse du pont de fer, mais de son pied libre il m'a flanqué un coup de talon en plein visage et j'ai failli tomber à la renverse dans la rivière. Comme je m'apprêtais à revenir à la charge, le pont tout entier s'est mis à tonner et à trépider.

« Un train ! Un train ! gueulait mon frère. Waouh ! »

Les rugissements de la locomotive se sont intensifiés et soudain l'ombre d'un train de marchandises est passée au-dessus de nos têtes dans un vacarme étourdissant. Les rails se tordaient sous les tonnes d'acier, les heurts cadencés des roues percutaient les traverses, de la poussière et des araignées nous tombaient dans les cheveux.

C'est alors que mon frère a profité de ce fracas pour tirer deux coups de feu dans l'eau. « T'as vu ? En plein dans le gros poisson mort ! » Après quoi le dernier wagon s'est éloigné en cahotant, les vibrations ont faibli, puis le bruit s'est éteint au loin. Quant à moi, je devais avoir le visage cramoisi. J'ai crié : « Si tu rentres pas à la maison tout de suite avec moi, j'appelle la police ! » À ces menaces, mon frère a franchement rigolé, néanmoins il m'a proposé un marché : il voulait bien me remettre l'arme à feu, à la condition que je le laisse dormir là, dans le treillis, au-dessus de la rivière. C'était tout ce que je pouvais obtenir de lui et j'ai allongé le bras vers le revolver qu'il me tendait. Lisse, dure et froide, horriblement minérale, cette arme pesait lourd à mon poing et j'avais l'impression de tenir la main décharnée de la mort, mais j'étais soulagé de l'avoir ôtée des mains de mon frère. J'ai glissé le Charter Arms sous ma chemise flottante, dans la ceinture de mes jeans, puis j'ai dit à Alain de faire attention à lui et j'ai escaladé le treillis.

De retour sur la passerelle au moment où le jour commençait à poindre, il m'a semblé que le paysage tournait, que le pont vacillait, alors je me suis appuyé à la rambarde, l'estomac tout barbouillé. Des corneilles tourbillonnaient en croassant au-dessus des arbres de l'île aux Fesses pendant que je faisais de pénibles efforts pour vomir, mais rien ne m'est sorti des entrailles et je suis parti en titubant parmi le voltigement des soies qui flottaient en désordre dans l'atmosphère, une neige d'été, une multitude de graines perdues, amarrées à leur aigrette – multitude d'espoirs déçus qui tombaient doucement dans la rivière couleur d'arc-en-ciel, polluée par des hydrocarbures. Et le petit canon froid du Chic Lady rose m'agaçait la raie des fesses.

* * *

Quelques heures plus tard, le téléphone s'est mis à sonner chez nous, à travers l'épaisseur de mon sommeil. Quelqu'un en haut a répondu et l'instant d'après des cris ont résonné dans la maison, jusque dans les murs de ma chambre en sous-sol. J'ai su qu'il était arrivé quelque chose de grave et j'ai sauté sur mes pieds. J'ai enfilé un slip, grimpé l'escalier, et me suis trouvé face à face avec ma mère en pleine crise d'hystérie. On avait retrouvé mon frère pendu par le cou à une poutrelle du pont ferroviaire. Des cyclistes, de la rive, avaient aperçu le corps qui oscillait au-dessus des eaux, fantoche au bout d'une ceinture de cuir, les jeans descendus aux genoux, le caleçon souillé, en proie aux mouches à merde.

* * *

Quelques jours plus tard, frappés de stupeur, nous nous recueillions sur le corps de mon frère au funérarium. Le cercueil trônait sur son catafalque, au fond d'une pièce ombreuse, enfoui parmi des avalanches de fleurs et des couronnes aux inscriptions funèbres. Tous les membres de la famille s'étaient rassemblés pour l'occasion, oncles, tantes, cousins et cousines, et tous nos voisins s'étaient joints à nous, dont la belle Anglaise introvertie, Tracy Oliphant, à qui un jour je remettrais la pièce inachevée qu'Alain lui avait dédiée, sur les amours macabres de Pierre Ier de Portugal et d'Inés de Castro. Des camarades de l'école, quelques professeurs et des collègues de la confiserie Laura Secord pleuraient aussi avec nous autour de la caisse où gisait la carcasse lessivée, pauvre momie désinfectée au visage peint et aux veines gorgées de formaldéhyde.

Les lèvres scellées, les sourcils figés dans un froncement orgueilleux, la moue dédaigneuse et les cheveux coupés, mon frère chic et sérieux avait l'air d'un jeune banquier.

Il ne ressemblait en rien à l'être perturbé qu'il avait incarné, ce qui soulageait mes grands-parents qui trouvaient leur petit-fils « bien arrangé », avec sa cravate et son veston.

Quant à mes parents, ils étaient écrasés d'affliction. On les soutenait, les embrassait, les étourdissait de formules controuvées. Moi, debout près de la dépouille, je pensais : « Mettre une cravate à un pendu, c'est épouvantable. » Puis je me suis demandé ce que ces vandales d'embaumeurs avaient fait du sang pur et des cheveux magiques de mon frère.

Belliqueux et vengeur, je me croyais brave devant la mort, mais des larmes m'ont obscurci les yeux. Je revivais en boucle nos derniers moments, repassais nos paroles et tentais de les arracher à ce temps ralenti où nous nous étions perdus, mais les derniers mots d'Alain m'échappaient, ainsi que l'expression de son ultime visage, et je m'en voulais de l'avoir quitté si vite, si négligemment, sans un adieu.

Par ailleurs, des souvenirs que j'avais cru oubliés remontaient du fond de ma conscience obscurcie, comme ce jour de septembre où Alain peut avoir treize ans. Par la fenêtre de ma chambre, je l'aperçois sous la pluie, au fond du jardin. Il égrappe en cachette des baies toxiques dans les vignes de Judée et les fait bouillir sur un feu de brindilles. Ensuite il coule la mixture à travers une chaussette et la transvase dans un flacon sur lequel il peindra plus tard un petit crâne osseux et deux tibias entrecroisés. Quand le soir je lui dis que je l'ai vu faire, il jure qu'il me tuera si j'en parle à nos parents, mais mon silence a un prix et ce prix c'est la vérité. Ne pouvant se dérober, mon frère m'avoue qu'il en est à un point de la vie où il lui faut du poison, au cas où il voudrait interrompre brusquement cette folie, d'une simple gorgée.

« Pierre ! Oh ! Pierre ! Pierre ! »

Maryse, en pleurs, s'est jetée dans mes bras et j'ai senti ses larmes couler dans le creux de l'épaule.

Plus tard, aux funérailles, la chorale du club de l'Âge d'Or a préludé par des psaumes chantés.

> *Les cieux sont l'ouvrage de tes mains ;*
> *eux périssent, toi tu restes,*
> *tous comme un vêtement ils s'usent,*
> *comme un habit qu'on change, tu les changes ;*
> *mais toi, le même, sans fin sont tes années…*

Soudain j'ai treize ans et demi et Alain, quinze ans. Nous célébrons Pâques et nos grands-parents sont attablés avec nous. Pendant le souper, Alain dit : « Jésus naît toujours le vingt-cinq décembre, mais il meurt jamais à la même date et je me demande pourquoi Pâques tombe pas le même jour chaque année. » Personne ne connaît la réponse à cette question, mais Alain, tenace, demande : « Dix ans avant Jésus-Christ, est-ce que les gens se croyaient en l'an 10 avant Jésus-Christ ? Et pourquoi les catholiques, les protestants, les orthodoxes et les juifs ont pas la même Bible ? Puis à la messe on entend dire que Jésus est ressuscité le troisième jour, mais s'il est mort le Vendredi saint et ressuscité le dimanche de Pâques, ça fait deux jours, pas trois, non ? Et si le vin est le sang du Christ, pourquoi c'est du vin blanc ? »

Étourdis par ce questionneur qui raisonne à perte de vue, nos parents et grands-parents s'efforcent d'orienter la discussion sur des sujets plus faciles, mais les jours suivants Alain se plonge dans les livres à la bibliothèque municipale et un soir il m'enseigne tout ce qu'il vient d'apprendre : Noël est l'ancien culte païen de Mithra, dieu de la lumière, une fête solaire, fixe, alors que Pâques est une fête lunaire célébrée le premier dimanche de la première pleine lune suivant l'équinoxe du printemps, soit le

22 mars au plus tôt, le 25 avril au plus tard. À la naissance du Christ, en Palestine, on était en l'an de Rome 754. Le canon de la Bible catholique fut fixé en 1546 par Paul III et le concile de Trente. C'est le moine Denys le Petit qui eut l'idée, cinq cent trente-deux ans après la naissance de Jésus, de recommencer le comptage des années à partir de l'an 1 de l'ère chrétienne. Le Christ serait mort un jeudi, avant la Pâque juive du quatorzième jour de la lunaison de Nissan, et l'idée suivant laquelle il aurait passé trois jours dans le sépulcre est calquée sur la parabole du prophète Jonas englouti par un poisson et rendu au rivage après trois jours, pour lier de force la Passion à l'Ancien Testament et laisser croire aux lointaines annonces du Messie. Et puis l'Église catholique utilise le vin blanc, parce que le vin rouge tache les linges liturgiques.

Je me souviens des jours d'autrefois,
je me redis toutes tes œuvres,
sur l'ouvrage de tes mains je médite ;
je tends les mains vers toi,
mon âme est une terre assoiffée de toi…

Assise près de moi, ma mère a de nouveau éclaté en sanglots. Je l'ai serrée contre moi en disant : « Je suis là, je suis là. »

Soudain c'est l'hiver. Dehors, mon frère et moi traversons des champs plantés de hautes herbes sèches comme des touffes de cheveux morts. Nous pouvons avoir neuf ou dix ans et nous observons les moineaux qui sautillent sur la neige et s'envolent à notre approche pour disparaître par-delà les toits enneigés, et nous songeons aux morts qui nous fuient pareillement, farouches comme ces oiseaux. Ensuite, nous nous allongeons dans la neige, rêvant que nous mourons de froid en Antarctique, et la solitude de l'univers pénètre nos corps engourdis, mais soudain une voix providentielle déchire l'air de l'hiver, l'air coupant comme de la vitre, pour nous ramener à la vie – la voix de notre mère sanglée dans son tablier fleuri, un pied sur le perron glacé et l'autre dans la maison chaude, la bouche soufflant des gerbes de buée : « Les garçons ! La soupe est prête ! » Les joues mangées de froid, les doigts picotés par un début d'onglée, nous ressuscitons pour aller partager un humble repas avec notre mère. Quel besoin avions-nous de la foi, le midi, en ce temps-là, puisque nous avions notre mère toute à nous, dans cette cuisine où la lumière d'hiver baignait doucement nos yeux ? Le midi, la vie n'était pas ailleurs, mais tout juste là, autour de nous, à la portée immédiate de la main, et nous n'avions plus envie d'aller à l'école mémoriser le nom des fleuves et des montagnes, ânonner sans les comprendre les versets de la Bible et les alexandrins de La Fontaine, graver dans notre mémoire les dates de toutes les guerres. Hélas, l'heure sonnait, et nous poussions de gros soupirs.

Un jour, Alain dit à notre mère : « J'aimerais beaucoup rester ici, tout le temps, tout seul avec toi.

– Oh non ! Tu vas aller à l'école avec ton frère, toi, sinon tu vas finir dans la rue avec les vagabonds. »

À ces mots, nous enfilons notre tuque à pompons, nos bottes, notre manteau et nos mitaines, puis, une sempiternelle goutte de morve nous pendillant au nez comme une cédille, nous partons pour l'école avec la mélancolie au cœur et un fruit fané dans la poche.

Fais que j'entende au matin ton amour,
car je compte sur toi ;
fais que je sache la route à suivre,
car vers toi j'élève mon âme…

D'une démarche raide, Maryse s'est avancée devant l'assemblée pour faire le panégyrique de mon frère. Elle a lu un poème morbide qui a redoublé la tristesse des éplorés, qui parlait de « cris lancés vers personne » et de « l'éternel vide en moi ». C'était pénible, larmoyant, pompeux, emmiellé, mais quand j'ai croisé Maryse, plus tard, je l'ai assurée que son intervention avait été émouvante et magnifique.

À l'épilogue, quelqu'un a sonné le glas et le chœur des vieux a entonné le chant des fins dernières.

Des profondeurs je crie vers toi, Seigneur,
si tu retiens les fautes, qui subsistera ?...

Voilà comment j'ai enterré mon frère dans mon cœur coupable, moi qui n'avais pas su chasser toutes ces idées de l'autre monde qui lui causaient tant de mal. D'un geste secret, en esprit, j'ai béni de mon sang et de mes larmes le cercueil qui est passé devant moi avant de disparaître dans l'aveuglante lumière du jour.

La cérémonie terminée, autour des viandes froides et des sandwichs aux œufs, on remerciait le curé de son beau service funèbre, pendant que ma grand-mère bouleversée tournaillait partout en répétant :

« Au moins, Alain est mort sur le coup, il n'a pas souffert..., au moins il n'a pas souffert... »

Et il fallait en rendre grâce à sainte Barbe, patronne de la mort heureuse. Je n'ai pas osé dire à ma grand-mère qu'Alain avait dû se tordre de douleur assez longtemps, pris de convulsions au bout de sa ceinture, puisque la mort par étouffement n'est pas immédiate : le corps lutte désespérément contre l'asphyxie et le cœur résiste de toutes ses forces avant de cesser de battre.

Plus tard, à la lecture du rapport du médecin légiste, j'apprendrais que mon frère, du fait de la compression artérielle bilatérale, fut un « pendu blanc », et non pas un « pendu bleu » au visage cyanosé. Que la phase convulsive est marquée par « la survenue de grimaces, puis de mouvements tonico-cloniques qui, partant de la face, s'étendent aux membres inférieurs ». Que « la turgescence de la verge et l'éjaculation sont des phénomènes agoniques » et que « la pendaison accidentelle survient au cours de recherches érotiques solitaires ». Mais le médecin avait écarté cette dernière hypothèse ainsi que la pendaison homicide, et il avait conclu à une pendaison suicidaire. Autre particularité pathologique du cas de mon frère : « Projection de la langue hors de la bouche. » Non, Alain n'était pas mort sur le coup. Il s'était écoulé une petite éternité avant que la paix revienne dans ses viscères paniqués.

Le soir de l'enterrement de mon frère, je me suis barricadé dans ma chambre et enfoui sous mes draps en me disant :

« Tout seul dans le noir, on se sent moins seul, parce qu'on ne voit pas qu'il n'y a personne d'autre. »

* * *

Aujourd'hui, une année s'est évanouie depuis la pendaison de mon frère et vers minuit je suis allé tenir compagnie à Maryse, chez elle à L'Abord-à-Plouffe. Elle n'a pas réagi à la vue de mes bottes de cosaque et je n'ai rien dit. En cette triste nuit anniversaire, les parents de Maryse étaient sortis et elle avait peur, toute seule dans cette maison vide. Elle pleurait et ne cessait de parler de mon frère.

Au commencement, je n'osais bouger le petit doigt. Je regardais Maryse sangloter et ne pensais qu'à m'enfuir, mais peu à peu je me suis rapproché d'elle pour la consoler. Je l'ai enlacée, elle a posé la tête sur mon épaule et s'est calmée. Je lui murmurais à l'oreille : « Je suis là, je suis là. » J'ai effleuré ses cheveux d'un baiser et elle a tourné la tête. Ses lèvres touchaient presque les miennes, nous nous regardions dans les yeux, je lui caressais la joue, puis nous nous sommes embrassés sur la bouche, d'abord des frôlements pudiques, et bientôt nos langues se sont emmêlées. Ensuite, tout a dérapé. Mes doigts ouvraient nerveusement son chemisier, j'avais le bouton durci d'un sein entre les dents, je lui pétrissais les fesses par-dessus ses vêtements, puis son pantalon est tombé, le mien aussi, elle m'a attrapé dans sa bouche, et soudain elle écartait les genoux et je m'allongeais sur elle, je poussais lentement mon sexe dur à travers les voiles de son sexe glissant. Je n'ai pas tenu la route très longtemps, vingt secondes peut-être, et l'homme a jailli de moi. J'en ai été violemment ébloui, puis je me suis effondré, comme drogué, aveugle et sublimé dans la nuit. J'ai flotté parmi des songes et des parfums, j'étais moi-même songes, parfums et hallucinations. Le visage niché entre les seins tremblants de Maryse, je sentais palpiter son cœur entre ses côtes et je dérivais dans une espèce de clarté bleue, traversée par des zébrures jaunâtres. Enivré de sensations lumineuses, j'avais enfin retrouvé mon frère dans la jouissance, j'étais devenu Alain, et lui vivait, ressuscité, dans l'agitation de mon sang, au cœur de ma chair et de mes muscles. Son essence me sanctifiait et coulait de mon sexe relâché qui s'était blotti tout contre la chatte mouillée de Maryse. Je n'étais plus que semence, la semence vive de mon frère dans la brûlure d'une jeune femme.

C'est seulement alors que Maryse a poussé un cri à la vue du nombre tatoué sur mon avant-bras gauche, les sept chiffres formant la date de la mort de mon frère.

* * *

Je suis de retour chez moi, dans ma chambre, en pleine nuit, avili et déshonoré. Après avoir tourné et retourné le

Charter Arms devant mes yeux, je me suis mis le canon dans la bouche. Cette arme à feu au goût abominable distille une âcreté de sang frais, de métal et de foie cru, et ma main tremble. Le revolver rose claque contre mes dents et je perçois les battements de mon cœur jusque dans mes doigts crispés sur la crosse. Assis sur le bord du lit, l'index sur la détente, une cartouche en position de percussion, je respire fort et l'air aspiré à travers le canon et les alvéoles du barillet dépose dans mes poumons des émanations de poudre. Les yeux clos, j'anticipe la violence du coup de feu et je vois jaillir de la bouillie par l'arrière du crâne explosé, je vois les murs tout éclaboussés de cervelle, et me voilà inanimé parmi les débris d'os, à la renverse dans les draps pleins de sang et de cheveux arrachés, les bras abandonnés.

Si mon frère n'a pas assez souffert, je souffre pour deux, je souffre pour l'éternité, et l'heure est venue de payer la profanation de sa mémoire et le baptême de la semence.

VAISSEAU NÉGRIER

Savais-tu, mon fils, qu'un jour d'autrefois le roi de Pologne et Charles de Lorraine vainquirent Kara Mustafa et les Ottomans à la bataille du Kahlenberg, ce qui nous a valu ces viennoiseries : les croissants du petit déjeuner ? Cette catastrophe fut sans doute calligraphiée dans les astres, mais le grand vizir ne prit pas la peine de déchiffrer ces arabesques. Ô cavaliers de l'empire émietté, pauvres riens cernés d'oubli, tout est fini maintenant, dormez dans le silence de votre sang et la blancheur de vos ossements. Reposez-vous dans nos mémoires sélectives, vous n'êtes plus que des éphémérides dans nos almanachs.

Alanguie dans ses parfums de Chypre
la sultane criait famine
mais moi le bachi-bouzouk
au zénith d'une priapée
je trempais mon biscuit à l'occident.

Depuis lors, j'interroge le passé et je compulse les récits de Foucher de Chartres, de Guibert de Nogent, de Baudri de Dol. Aussi, mon fils, suis-je sur le point de nous dénicher un ancêtre dans une armée de la première croisade, parmi les chevaliers de Robert de Normandie qui, avant de reprendre Jérusalem aux Seldjoukides, avaient dispersé les troupes de l'émir de Mossoul et découvert la Sainte Lance – celle-là même qui perça le Christ et qui nous appartiendrait légitimement. Imagine un peu la relique au-dessus de ta cheminée, sur la peau d'ours polaire…

À part ça, je file un si mauvais coton que j'ai cousu des pinces à mes frocs en écoutant le *Quatuor pour la fin du temps*. On se serait cru dans un stalag en Silésie, mais je ne perds plus mes culottes. Il paraît que les ducs de Hohenberg, les deux fils de l'héritier du trône d'Autriche, transportaient de la merde à Dachau – « la merde de l'Allemagne nouvelle », disait Göring. Ça me rappelle que mon corps est un petit Dachau, avec moi foutu dedans. Mais aucun duc n'est au service de mes boyaux et je suis le dernier des puants. Une bonne douche nasale, le *jala neti*, serait d'un grand secours à ceux qui m'approchent, mais je ne connais aucun yogi patenté. Malgré cela, je sirote un café de Harar tout en épluchant le journal. Comme d'habitude, les nouvelles sont mauvaises et j'ai du sang sur les doigts. On observe des mouvements de troupes aux frontières de l'Éthiopie et de l'Érythrée. Du coup, le café passe de travers : ces grains dans ma cuisine ont mûri dans des montagnes en guerre où jadis Rimbaud alla attraper un cancer du genou après une balle au poignet et des gueules de bois chez Verlaine.

> *Pauvres morts ! dans l'été, dans l'herbe, dans ta joie,*
> *Nature ! ô toi qui fis ces hommes saintement !…*

Il est cruel, « Le Mal » de Rimbaud, avec ce Dieu insensible à cent mille morts, « qui dans le bercement des hosannah s'endort », mais qui se réveille de bon cœur pour un sou. C'est cruel mais c'est la vie. Même si les nouvelles se répètent indéfiniment, il faut payer le camelot. Le mien s'appelle Yann Trebaol. Il ressemble à Roland Gift, le chanteur des Fine Young Cannibals, et il idolâtre Björk à la voix utérine. « Son caisson de grave, dit-il, c'est sa matrice. » Je ne le contredis pas, mais je préfère les cuisses de Nancy Sinatra chantant *These Boots Are Made for Walking* – un jour ces bottes te piétineront ! Pour fouler aux pieds mes fautes. En outre, mon camelot me raconte que les guerres du Kosovo et de Tchétchénie auraient été prophétisées par Nostradamus dans ses *Centuries astrologiques*, mais ces gloses à coucher dehors me laissent froid. En revanche, son *Traité des confitures*, sur la conservation de l'intériorité corporelle, aurait peut-être pu me sauver la vie. Si je l'avais lu plus tôt et si j'avais suivi à la lettre ses recettes thérapeutiques qui chassent « toute melancholie », je jouirais peut-être aujourd'hui d'une rémission. Malheureusement, je n'ai plus qu'un organe sain, ma langue de vipère, et encore ! Dans la Bible, le rabbin Ben Sira a écrit : « Il y a une manière de parler qui ressemble à la mort. »

Et je fus démasqué bien avant que de naître.

Poussez-vous : un alexandrin passe. Tombé de mon âme avec mes derniers cheveux. Oh, encore un dodécasyllabe – je sue la poésie par toutes mes lésions. Si nous étions en Chine, un lettré m'offrirait un rameau de cannelier pour louanger mes dons. Il faut tout de même que j'en touche un mot à l'oncologue : j'aurais peut-être besoin d'une perfusion de 5-fluorouracile. En attendant l'homme sombre comme ses pronostics, je lis *Les Nuées* d'Aristophane où j'apprends que les Grecs punissaient les amants adultères en leur enfonçant des radis dans le derrière. Oui, des radis, ceux-là mêmes que je mangeais à la croque au sel. Oui, dans le derrière que l'on sait, celui-là même qui me pourrit l'existence. Je pleure sur les amants et sur mon pauvre fondement, puis je referme *Les Nuées* pour embrasser le paysage qui envahit ma fenêtre.

La ville est blanche depuis quelques jours ; serait-ce l'hiver nucléaire ? Je ne m'en fais pas trop, puisque l'amour triomphe de tout – *Omnia vincit amor*. Ce n'est pas moi qui le dis, c'est Virgile, dans ses *Bucoliques*. Et, plus haut que Virgile, le firmament est vissé sur le monde comme un couvercle de poudreuse à sucre pour nous dorer les divagations des prophètes du Levant. C'est là que jadis Josué a arrêté le Soleil dans sa course lors d'une autre bataille célèbre, la bataille de Gabaon, preuve que le Soleil tourne autour de la Terre. Ne rions pas, Descartes lui-même n'était guère mieux : il croyait que l'âme siégeait dans la glande pinéale.

Âme qui manque de peau
Et qui tourne au plafond
Avec les scarabées pique-prune

Des enfants naquirent
De ta folie d'un dieu unique
Mais combien de peuples en périront ?

À la pharmacie, j'ai trouvé un prospectus de l'Univers-Cité Melahel. L'angéologue Maïka promet d'éveiller la synchronicité des malades, de régénérer leur karma et de réactiver leurs soixante-douze essences avec l'aide de l'ange Vehuhiah et du Seigneur de la Loi cosmique secondé par ses quarante-deux juges. Ça fait beaucoup de monde dans le plexus solaire, mais il s'agit de vaincre Havohej, le Prince du Mal dissimulé dans les nuages d'ammoniac de Jupiter, d'où il perpètre ses assauts psychiques. Plus tard, chez moi, je l'appelle au téléphone, l'angéologue. Vautrée dans son ectoplasme, elle se mêle de diagnostiquer les maladies par télesthésie, mais je suis bien tombé : selon le prospectus, elle a reçu la bénédiction dans un darshan de gourous issus de lignées pures et elle a fait l'expérience du rasoir spirituel de Krishnamurti. Pendant qu'elle accomplit des passes magnétiques au-dessus de mon aura via le réseau commuté, ses incantations résonnent dans l'écouteur en oms caverneux, puis elle dit :

« Il faut se poursuivre soi-même au-dedans de soi, en dessous de toute manifestation périphérique du je. Là, se terre la maladie. »

Je l'écoute chinoiser tout en scrutant sa photo sur le prospectus et je me persuade d'avoir affaire à une de ces sauvagesses qui se fourrent dans le caleçon des poignées de sphaigne pour éponger leurs menstrues. Quelques instants plus tard, la télépathe accouche de son diagnostic : mon sushumna est bloqué à la hauteur du lotus de la couronne aux mille pétales et le prana ne s'écoule plus dans les canaux de mes nadis. Ça va mal, mais grâce au ciel Maïka sait comment obtenir la régénérescence de l'Être : il faut faire monter l'Or volatil du coccyx à la fontanelle par les deux cordons ganglionnaires. Pour cela, il existe un traitement miraculeux – moyennant la bagatelle de quatre cents dollars. C'est cher pour des algues, mais elles proviennent d'un lac sans fond, le lac de cratère d'un volcan du Japon. J'ai beau être une bonne poire, je raccroche sans rien commander, laissant l'angéologue accomplir sans moi son destin mirifique.

Ensuite de quoi je me remets au régime eschatologique occidental en gobant de jolis comprimés orange – sédatifs, hypnotiques et anticonvulsifs, promet la monographie. C'est fait pour les épileptiques, mais c'est du bonbon. D'ailleurs me voici plein de vertiges, les jambes en guenille, l'esprit nuageux. Les convulsions viscérales ralenties par l'anxiolytique, je vais peut-être articuler des aphorismes publiables. À moins que les benzodiazépines n'induisent à la poésie médicamenteuse les sujets pharmacodépendants.

Ô moi, oh là là !
Né par la fente palatine de Dieu
Je suis le prophète tombé
Dans la soupe aux pois
Ô pauvres, vous mourez si jeunes
Qu'on dirait des serments amoureux
Mais moi je suis riche, ô ma promesse
Riche en petite monnaie
Ô mon ivrognesse
Et je vénère l'électrum de tes mensonges
Le jaspe sanguin de tes lèvres béantes
Ô poupée sanglante et vaine…

L'abus d'ô, ou sensation de tête légère, est un effet latéral du clonazépam. Les antalgiques morphiniques favorisent eux aussi l'épanouissement des vers libres et la survie des poètes lyriques, ce qui n'est pas leur moindre vertu. Mais peut-être est-ce une action délétère, je ne sais pas bien. Quoi qu'il en soit, les naïfs me croient poète pour la simple raison, franchement excessive, que je compose des poësies – j'aime à écrire *poësie*, comme *canoë*, c'est plein d'allant…

Mais je ne fais que pisser du Rimbaud, du Baudelaire
Du Miron, du Neruda et de l'Anne Hébert.

J'ai beau écrire *encor* au lieu d'*encore*, je vomis mes émois à mesure que je versifie – à cause de l'accoutumance – et tôt ou tard je brûle mes poësies jamais lues. Après avoir dispersé les cendres sans cérémonie, je passe aux analgésiques opioïdes et je retrouve la pureté du silence où ondoie l'embryon d'une philosophie nihiliste – où je me corromps si pâle, si anémique. Sentant mon espérance s'étioler, je me demande : si je mangeais du jambon, les sulfites me jetteraient-ils un peu de vermillon aux joues ? Ce n'est pas contre-indiqué, mais il faut en faire du hachis, à l'exemple de la vie, de la vie avec moi. Yeux chassieux, langue jaune, haleine de charognard… J'ai déjà eu meilleure mine. Soudain il neige. Ma fenêtre est un tableau de Seurat et ma chatte Petite-Garce observe les spirales de flocons. À force de partager ma vie, peut-être éprouve-t-elle des intuitions accablantes et pleines de tourments qui emporteront sa progéniture jusqu'à la métaphysique – dans un référentiel darwinien, on ne peut pas échapper à son destin, sinon, où irions-nous ? De ce fait, l'Histoire a lieu : l'homme finit par descendre du singe, puis il perd pied et tombe amoureux. Si l'Éternel est son berger, je ne donne pas cher de sa peau de bête à laine. Et, si l'homosexualité est dans l'hypothalamus, je loge peut-être dans l'hippocampe, où du plus loin derrière mes yeux je me vois descendre vers le chaînon manquant, à tout le moins jusqu'à l'australopithèque disposant de l'outil, et j'aurais pu construire un monde meilleur. Hélas, on ne peut pas toujours être intelligent, c'est mathématique. Personnellement, j'allume trop souvent le téléviseur, mais c'est parfois un mal pour un bien. Par exemple, chaque fois que, dans les films d'archives militaires, on voit une messe sur un porte-avions ou un révérend qui bénit les B-29 qui s'en vont larguer sur Tokyo leurs tonnes de bombes au napalm, j'éclate de rire.

Il y a peu, j'ai lu que, à Hiroshima, après l'explosion de la bombe nucléaire, sur la poitrine d'une femme dénudée les brûlures avaient décalqué les fleurs du kimono désintégré. Et des êtres cloqués aux lèvres purulentes, aveuglés par l'éclair de dix mille soleils, vaguaient parmi les décombres fumants et radioactifs, les mains écorchées et les orbites vides, les yeux fondus leur fluant sur les joues comme du blanc d'œuf, toutes les cellules de leur corps hachées par des tempêtes de protons et de rayons gamma tombés par la fente palatine du Maître de l'Aride. Plus tard, par représailles, les enfants japonais irradiés confectionnèrent de petites montgolfières en papier de riz laqué, chargées de bonbons explosifs contaminés par des bacilles pathogènes, qu'on envoya vers l'Amérique par les hauteurs de l'atmosphère.

Le jour de leur supplice,
les puissants,
maîtres de l'aride,
tomberont devant les justes
et ne se relèveront pas !

Il fuse de la Bible éthiopienne, cet anathème, et la boucle est bouclée : on revient au café du poète aux semelles de vent. Chemin faisant, je chante *Qu'êtes-vous devenues, mes femmes ?* Ou je lis *Les Entretiens de Nuremberg*. J'en retiens que, au fond, Hermann Göring était un grand sensible – la preuve : en 1934, il promulgua une loi contre la vivisection. Il paraît que l'haleine des Juifs à l'agonie dans les chambres à gaz dégageait une odeur d'amande. Ça devait rappeler leur enfance aux nazis, les confiseries, le massepain, les petits cochons porte-bonheur en nougat. Ça ne devait pas leur être désagréable. Et sache, mon fils, que les nazis exterminaient aussi les Tziganes, qui sont des Aryens, ô surprise, mais des Aryens infâmes qui avaient dégénéré la race par leur errance et leur pauvreté. Et puis, si les Allemands ont pu envahir la Pologne par l'ouest en septembre 1939, c'est parce que les Russes allaient l'envahir par l'est en vertu de clauses secrètes de leur pacte de non-agression – mais on a tu ce fait à Nuremberg, puisque les Soviétiques siégeaient du côté des juges. Morale de l'Histoire : la sagesse des nations, c'est de savoir où poser culotte ; et tout est bon dans le cochon, même la queue en ventripotée ; mais tu ne feras pas cuire un chevreau dans le lait de sa mère, la Bible le défend.

Il paraît que Staline pouvait réfléchir longuement, devant un mur qu'il avait couvert de crachats. On dirait une allégorie de la barbarie – un athée souillant l'incommensurable. Ça m'interpelle quelque part, comme on dit dans l'intelligentsia. Pour me remonter le moral, je lis *Saturne et la Mélancolie* et j'écoute les *Chants des enfants morts* de Mahler. Seul dans mon salon, je rends un culte à Kathleen Ferrier, la téléphoniste devenue contralto d'un autre monde, emportée par un cancer du sein à quarante et un ans. C'est poignant, comme le chêne de Goethe dans le camp de Buchenwald. Oui, j'ai toujours eu un faible pour la lourdeur métaphysique et la gravité ontologique. Pas étonnant que j'aie le cuir chevelu mangé de lichen – mon éternel psoriasis psychosomatique. Mais ne sous-estimons pas les influences toniques des jingles publicitaires et des indicatifs télé sur la psyché des ploucs. La preuve vivante : moi. J'incline davantage à chanter *Les p'tits poudings Laura Secord* que les cantates de Bach, mais pourtant *Ich habe genug*, où le vieux Syméon au seuil de la mort chante « Je suis comblé », me fait pleurer comme un petit orphelin. Tant d'humilité et de renoncement dans la plus grave des voix d'homme me désarme jusqu'à la moelle. Voilà un monde sublime d'où je suis exclu – et j'en souffre sur le tard. J'aurais aimé être Bach, Syméon, Kathleen Ferrier, mais j'ai peur d'avoir perdu ce fonds d'humanité sans lequel on ne voit plus que la nudité des restes de l'ultime boucherie.

Souvent, le soir, je voudrais me saigner à mort dans mon bain chaud, comme Sénèque le stoïcien – « Il est plus beau pour l'homme d'apprendre à mourir qu'à tuer » –, mais je n'ai pas ce courage. J'ai longtemps cru que la foi religieuse n'était que de l'autosuggestion, mais c'est une empreinte génétique, et ceux qui en sont dépourvus sont des hommes mutés. D'ailleurs, Darwin l'a dit : il est tout aussi difficile pour un croyant d'abandonner sa foi que pour un singe sa peur des serpents.

Plus tard, la nuit, après quelques rasades de vodka, je me prends de fascination pour Pythagore. On le connaît pour son théorème du carré de l'hypoténuse et pour sa gamme musicale, mais il a aussi fondé une religion qui déclarait péché le fait de manger des haricots, et cette idée m'obsède. Ç'a sûrement quelque chose à voir avec les tabous primitifs, mais quoi ? Les haricots, par leur forme embryonnaire, sont peut-être le symbole d'un corps interdit ou sacré, peut-être d'une espèce d'homoncule, qui sait ?

Comme tu vois, mon fils, j'aime à discuter le bout de gras avec mon reflet dans la vodka tout en regardant les gens passer dans la rue. La société est une habitude de paresse, mais parfois des êtres surgissent pour transformer le monde, par exemple mon père, ton grand-père. Toute une vie passée dans l'empire des maladies profondes lui avait creusé les yeux et les joues, mais il regardait ce que personne ne voit, le matin, au-dessus de sa bouillie de gruau, loin en lui-même, et il remuait pensivement son café avec un abaisse-langue. À ses yeux, le monde allait à la ruine pour tous les hommes dès lors qu'il allait à la ruine pour un seul homme. L'âme, disait-il, c'est une symphonie d'organes et de glandes où la maladie est un couac ; et ses regards, comme des rayons X, traversaient la chair et la morale. Il fut donc un bon médecin, aussi excellent que possible. Sache, mon fils, que ton grand-père opéra gratis des Vietnamiens, des Biafrais, des Salvadoriens, des Noirs de Soweto, des Palestiniens, des Indonésiens lors des massacres de 1965 ; qu'il enseigna aux sandinistes la réduction des fractures, la compression des hémorragies et les sutures et ligatures d'urgence. Il lut tout ce qu'on publia sur Norman Bethune et nous emmena visiter la maison natale du héros à Gravenhurst ; il pleura à la mort d'Allende ; si Lech Walesa s'était électrocuté, mon père serait allé lui faire le bouche-à-bouche. Il prônait l'imposition maximum des riches – donc de lui-même. Votait Parti québécois au provincial ; Nouveau Parti démocratique au fédéral. Il admirait Tommy Douglas, le Premier ministre de la Saskatchewan qui établit le premier régime public d'assurance-maladie au pays, en dépit de l'opposition des médecins qui parlaient de « médecine étatique obligatoire », comme en URSS, et d'entrave à la libre entreprise et aux lois du marché. Mon père avait aussi dans sa jeunesse appris l'espéranto et rapporté d'Europe le *Manifeste du Parti communiste* traduit dans cette langue artificielle – *La Komunista Manifesto*. Il avait un jour écrit à Bertrand Russell après avoir lu son autobiographie, et il avait pour idole Avicenne qui, à dix-huit ans, fut le médecin personnel du sultan de Boukhara. De mon père, j'ai appris que le mal social congénital, la différenciation des classes, provient de la civilisation sumérienne. Comme la guerre, née de la production d'un surplus. Là-bas, aussi, la qualité des dieux changea brusquement. Par la conquête des marécages du Tigre et de l'Euphrate, les Sumériens brisèrent leur asservissement à la nature et renversèrent leurs divinités. Ce succès enorgueillit ces hommes lointains, et leurs anciens dieux dégénérèrent en potentats des cités-États. Voilà comment le limon du monothéisme engraissa la civilisation – et plus tard viendrait le fumier. Malgré tout, mon père combattait la loi d'airain, lui. Alors que toi, sauf ton respect… Alors que moi…

Alors que moi, je me suis décarcassé à désappointer mes parents. On m'a pourtant tout donné, de l'amour et du soleil, mais un jour quelque chose s'est détraqué et j'ai dévié de mon chemin. Né à moitié, gousse avortée aux cosses naines, je n'ai été digne de vivre que dans mon enfance. Je ne me suis montré nulle part meilleur homme, et maintenant j'exhibe à tous venants mon cheveu anémié et ma mine de déterré. Et je vomis ces indécrottables demeurés qui osent me cracher à la figure que « la vie est belle ».

À l'âge où je suis péniblement parvenu, en me foulant le cœur à force d'aimer comme un pied, je peux dire tout haut ce que j'ai mis toute une vie à mijoter tout bas : on n'avance pas héroïquement vers les prophéties d'une vaste combinatoire divine, mais on sécrète banalement de l'histoire finie dans son sillage, comme les limaces, à partir de rien, d'un peu de bave – et, si cette histoire nous terrifie, c'est que nous vivons mal ; et, si nous vivons mal, nous devons changer l'histoire. Qui le fera ? Certainement pas moi : je suis trop occupé à déchoir sans retour. Mon père, lui, a tenté de le faire, et ponctuellement il a réussi. Mais, à mon sens, vivre, c'est être dans son tort, et seule la mort me lavera de moi-même et vous soulagera de ma présence.

En attendant la fin de l'histoire, je lis tout ce qui me tombe sous les yeux et j'apprends des millions de choses qui ne servent à rien ni personne. Par exemple, mon fils, sais-tu que la pierre ponce est de la mousse de lave ? Qu'il y a une Kalachnikov sur le drapeau du Mozambique ? Qu'on peut peser les étoiles avec la troisième loi de Kepler ? Que l'oursin déchiquette sa nourriture à l'aide de sa lanterne d'Aristote ? Que les vieilles abeilles colmatent les fissures des ruches avec du mastic de bourgeons de peuplier ? Que toutes les comètes proviennent du lointain nuage d'Oort ? Qu'il y a, dans les profondeurs de la terre, une auréole de craie du crétacé ? Que le cœur de Chopin est préservé dans du cognac, dans une urne de cristal à Varsovie ? Tu te coucheras moins bête ce soir et moi je boirai à mon anéantissement avec le fantôme d'Aldous Huxley, dans ce meilleur des mondes où Leibniz disait ne mépriser « presque rien », le bienheureux diable. Oublie-moi, mon fils, et lis Leibniz, tu vivras mieux. À ses yeux, un monde meilleur que le nôtre était impossible, ce qui devrait rassurer un maximum de maniaco-dépressifs. Son antithèse serait un type comme Schopenhauer, pour qui l'univers n'était qu'une poussée aveugle née de l'ennui. L'autre jour, alors que je lisais la *Monadologie* dans une salle d'attente de l'hôpital, un patient m'a demandé de quoi ça parle. J'ai répondu : « Ça ne parle pas ; ça pense. » Ça pense quoi ? Que le vrai matérialisme ne réduit pas la pensée à la matière, mais ennoblit plutôt la matière en montrant qu'elle est pensante. D'ailleurs, il l'a bien dit, Leibniz : l'homme est un automate spirituel. Et, pour lui, l'espace était un système de relations, ce qu'Einstein a prouvé plus tard. On sait aujourd'hui que l'espace ne sépare pas les choses, mais les événements. Rien n'existe jamais et tout est en devenir, disait Héraclite, mais il ne faut quand même pas chercher la lumière du jour dans les caves, Cicéron le savait bien.

J'ignore si tu as relevé le procédé, mon fils, mais je m'adonne sans retenue au *name dropping* dans l'espoir d'impressionner l'infirmière volante à la blouse immaculée et aux beaux yeux de faïence – elle a nom Nabila, la noblesse au féminin. Quand j'ai su que j'avais affaire à une musulmane, j'ai voulu nouer avec elle des connivences éthérées, histoire de m'assurer bassement les meilleurs soins possibles. Pour ce faire, j'ai sorti de mon chapeau des histoires pittoresques, des morceaux choisis :

« En 1948, à la fondation d'Israël, l'institution de la Cour suprême a été une renaissance du Sanhédrin après une éclipse de deux mille ans, et savez-vous de quoi la Cour a été saisie sur-le-champ ?

– …

– D'une demande de révision du procès de Jésus ! Mais des opposants ont riposté et ont accusé Jésus de pratique illégale de la médecine ! »

Je pensais naïvement qu'elle s'esclafferait, Nabila, mais son visage restait froid comme du marbre.

« Je ne suis pas raciste, ai-je poursuivi, mais un samedi j'ai trouvé cinquante cents sur le parvis d'une synagogue et je me suis dit que c'était mon jour de chance. Je suis allé acheter un billet de loterie avec cet argent, et devinez quoi. J'ai gagné cinq mille piastres ! Mais, rassurez-vous, j'ai reversé l'argent à l'hôpital Maïmonide de Côte-Saint-Luc.

– Ça n'avait rien à voir avec la chance, m'a répliqué sèchement Nabila. Des Juifs avaient certainement vu les pièces de monnaie par terre, mais comme c'était shabbat ils n'avaient pas le droit de se pencher pour les ramasser. Cela dit, vos plaisanteries allusives sur l'avarice des Juifs sont du pire goût. »

J'en suis resté bouche bée, le temps que des pensées cohérentes se déclenchent en moi, puis j'en ai conçu une admiration vorace pour cette musulmane toute menue qui avait à cœur de défendre le peuple élu.

« Chaque année pour la pâque juive, ai-je dit pour me racheter, l'épicier hassidim du coin vend du Coca-Cola talmudique fabriqué avec du sucre de canne au lieu de sirop de maïs, car le blé d'Inde est impur à Pessah chez les Ashkénazes. Je lui en achète toujours des packs de six bouteilles, avec de la vodka kasher fabriquée avec des grains nettoyés de tous les petits insectes. »

Nabila a paru satisfaite et, l'air recueilli, s'est mise à chercher mon petit pouls. Mon pouls comme le fil sur sa langue qui la fait zézayer légèrement : « Ze ne tutoie zamais perzonne. » Soit, nous nous vouvoierons donc d'un peu loin, mais le pluriel de politesse ne m'a pas empêché de lui verser dans l'oreille mes plus fines rêveries : « On a beau hurler son désespoir jusqu'à s'en ouvrir les veines en public, on finit toujours par se poisser de la petite atmosphère salopée que chacun promène sur soi comme un manteau de silence et de réclusion. » À quoi elle a rétorqué qu'on n'a pas le droit de calomnier le monde sous prétexte qu'on a perdu tout espoir pour soi-même.

Elle m'enguirlande comme si j'étais du poisson pourri, Nabila, et elle me saisit comme le froid par son intelligence adverse, mais au fond elle m'aime bien. D'ailleurs, pour que je puisse me soulager quand les omoplates me démangent, elle m'a offert un gratte-dos terminé par une main de Fatma qui protège du mauvais œil. Le plus beau, c'est que le gouvernement ne l'a pas obligée : ce fut un don de son cru et non pas un acte tarifé. Je médite là-dessus, un verre défendu à la main, un verre à *old fashioned* rempli de vérité chatoyante. C'est dans le vide de la pensée que s'inscrit le mal, dixit Hannah Arendt, et je me demande s'il me reste assez de bitter pour me concocter un manhattan. Fin soûl, j'en arrive quasiment à oublier que ma disgrâce a commencé par le syndrome de König ; autrement dit, par des débâcles diarrhéiques fétides. Ces pensées me glacent le sang, et pour sublimer mes instincts d'agression je rédige mon testament – d'ailleurs, mon fils, nous jouissons d'un louage emphytéotique au cimetière Notre-Dame-des-Neiges, ne te laisse pas rouler dans la farine par les croquemorts. Et derrière le désastre de mon visage je poétise ma dégénérescence, et peu à peu j'éradique la vie de mes alentours intoxiqués.

« Croyez-moi, il y a plus de gens heureux que vous ne l'imaginez, même chez les malades.

– C'est vrai ? Alors vous devriez m'en présenter, des gens heureux, Nabila. J'ai tellement besoin d'aide… »

Mon appel de détresse a désarçonné ma chère infirmière volante, je l'ai lu sur son visage ombré de khôl, sous la glaçure de son œil clairvoyant, et j'ai l'impression que mon image d'homme inapprochable s'en est trouvée comme tranchée au couteau, à tel point que Nabila fera parachuter à mon chevet une psychologue volante du CLSC, sûrement la néo-reichienne à petites lunettes qui va encore discourir sur ma cuirasse tissulaire et sur mon psychopéristaltisme déficient – sur mon incapacité organique à digérer et à réguler les émotions. À son ton onctueux, je devine que son âme grandit au contact des cancéreux en phase terminale, tel l'asticot sur son tas de fumier. C'est la vie pénible des malades, il faut tout endurer, jusqu'aux fables des plus navrants mythomanes, jusqu'aux logorrhées des coachs de vie, mais j'espère qu'il me reste des biscuits Social Thé pour faire bon visage à la néo-reichienne biodynamique. Je suis civilisé, qu'on se le dise, mais il y a des limites à tout : si elle insiste pour triturer mes viscères afin de réveiller l'énergie tellurique du lieu et d'exprimer la sérotonine de mon cerveau intestinal, je lui ferai connaître le contact le plus archaïque avec le trauma : une paire de baffes dans les dents.

C'est alors que mon infirmière volante, Nabila aux ressources inépuisables, a proposé de me montrer à un théologien des siens, un ouléma qui pourrait m'éclairer de sa sagesse, lui qui a vu dans les ruines d'Ur la maison d'Abraham et qui connaît les quatre-vingt-dix-neuf noms de Dieu. J'ai répondu que, sauf leur respect, je ne peux faire confiance à des hommes qui jugent convenablement islamique la barbiche du Colonel Sanders du Kentucky Fried Chicken à Peshawar ou qui voient Satan dans le premier cochon venu.

« Qu'est-ce que vous me chantez là ?

– Vous, les musulmans, au Pakistan. Vous avez soustrait le Colonel Sanders à l'iconoclasme, c'était dans le journal. Et vous refusez de manger du porc à cause des sabots fendus en deux ongles. »

Nabila a bien ri des inepties des fondamentalistes, mais elle m'a rappelé gentiment que la Bible aussi défend aux fidèles de manger du porc – plus tard, j'ai vérifié, et c'est vrai : dans le Lévitique, la loi de pureté. Si je n'avais pas eu l'esprit d'escalier, j'aurais invoqué l'Évangile de Matthieu où Jésus fait justement remarquer que ce n'est pas ce qui entre dans la bouche qui souille l'homme, mais ce qui en sort.

« Il ne faut pas en faire tout un plat, m'a alors dit Nabila. Vous savez, je soigne un bon musulman qui a dans le cœur des valvules de cochon. Bien sûr, au début, il n'en voulait pas, il réclamait des valvules de mouton, mais on lui a expliqué que son organisme les rejetterait. Finalement, un imam l'a assuré que le Coran lève les interdits devant toute nécessité vitale, s'il n'y a pas d'autre solution, et notre bon musulman s'est laissé greffer des valvules de porc. »

J'ai ri à mon tour, puis Nabila m'a appris que, en fait, l'islam interdit aux musulmans de manger du porc parce que c'est le seul animal qui n'a pas le courage de se battre pour garder sa femelle. À ces mots, je me suis senti visé, et pour faire diversion je me suis enquis si Nabila connaissait Pierre le Vénérable, cet abbé de Cluny qui avait fait traduire le Coran en latin pour mieux le réfuter. Elle a flairé le piège et une nuance d'ironie lui a tordu la bouche : « Où voulez-vous en venir ?

– Nulle part, mais je viens de lire dans un livre que Mahomet aurait découvert le monothéisme et les Écritures grâce à un moine chrétien et qu'il aurait paraphrasé les auteurs de la Bible pour jouer les prédestinés.

– Ah, bon. Et depuis quand vous intéressez-vous à l'islam ?

– Depuis que je vous connais.

– C'est bien gentil, mais votre livre ne dit pas que la Bible est bourrée d'erreurs scientifiques, toutes corrigées par le Coran. De qui l'humble Mahomet tenait-il cette connaissance, dites-moi, sinon de Dieu lui-même ? »

J'ai immédiatement tiré ce livre d'une pile et j'ai fait comparer à Nabila le verset 4 du psaume 90 de la Bible – *Mille ans devant tes yeux sont comme le jour d'hier qui a passé* – et le verset 47 de la sourate 22 du Coran – *Un jour auprès d'Allah est comme mille années de celles que vous comptez.* Selon Nabila, cela ne prouve rien. Ce n'est sans doute qu'une locution propre aux peuples sémitiques, croit-elle, ou bien c'est le hasard, m'a-t-elle dit avec un sourire énigmatique. D'ailleurs, le hasard n'est-il pas le nombre de Dieu ? Sur quoi j'ai dit : « Allah a beau être l'Élohim de l'Ancien Testament, ce n'est pas le même dieu que Iahvé.

– Mais si, c'est le même dieu. D'ailleurs les coptes, qui sont des chrétiens, l'appellent aussi Allah. Simplement, nous n'adorons pas les mêmes prophètes.

– Soit, mais ça ne change pas grand-chose au malentendu fondamental. En fait, Mahomet a joué aux chrétiens le même tour pendable que ceux-ci avaient joué aux Juifs en abrogeant leur religion, en la parachevant.

– Oh, je ne sais pas si ce point de vue est recevable. Je vais en parler à l'imam Bukhari. »

Nabila attendait impatiemment la suite, hélas je n'avais plus de munitions et me suis soudain senti trop fatigué pour aller plus loin.

« Mettons l'ouléma et l'imam au réfrigérateur, okay ? »

Nabila a fait oui de la tête, puis elle a tiré de sa trousse un petit carton à mon intention – la carte professionnelle de son fameux ouléma, Tawfik Kardhaoui. « Il ne parle pas que de Dieu, m'a dit Nabila pour me rassurer, il sait aussi parler de la vie. » La carte chic, vert et or, m'a appris que ce docteur de la loi a été autrefois sous l'éducation spirituelle de cheikh Abd Allah al-Fa'iz ad-Daghestani, « trente-neuvième maillon de la chaîne dorée de la Naqshbandia qui remonte jusqu'au prophète des sables », Mahomet lui-même. J'ai remercié Nabila, mais j'ai pensé : « Rien ne vaut un bon oncologue. »

Quand mon infirmière volante n'est plus là, l'après-midi se désagrège lentement. Je brosse Petite-Garce, je lis, je brosse Petite-Garce, je lis. Zoothérapie et bibliophilie. Et alcoolisme dès trois heures.

Ce soir, le couchant dans ma vitre aura les moirures d'un vermouth ou d'un porto millésimé et j'absorberai mes drogues en écoutant un vieux vinyle de mon père, Erroll Garner jouant *Misty* – mon père adorait ce pianiste noir tout petit qui ne savait pas lire les partitions et qui jouait assis sur des annuaires des téléphones de la ville de New York. Après quoi j'irai au lit en pensant à ma mère.

Ma mère… Il faudrait absolument, mon fils, que tu m'emmènes la visiter, plutôt bientôt d'ailleurs, à l'hospice des vieillards. Là-bas, le coup d'œil est si beau sur la rivière L'Assomption saturée de purin ; et les murs sont si gris ; la viande est si maigre ; le lait est écrémé comme les écoles publiques. Et la margarine est livide comme la figure des malades. J'espère qu'ils lui donnent bien tous ses médicaments et qu'ils ne lui volent pas sa petite monnaie, les charognards. J'ai peur qu'ils la bourrent de riz et de carottes bouillies pour lui cimenter les boyaux ou qu'ils la laissent perdre ses légumes sans jamais changer sa couche archipleine.

Et puis, là-bas, ça ne manque jamais : le pénible aumônier domestique au front jupitérien, qui promène ses eucharisties de lit en lit dans sa pyxide dorée, finit toujours par se matérialiser avec solennité. Il ose raconter aux vieux que le recours au médecin n'est pas un manque de foi en Dieu, que Dieu agit par le médecin, et que le médecin et le malade doivent prier Dieu ensemble. Ce genre de purée pour les édentés. Voilà pourquoi, dans les asiles de vieillards déphasés, règnent d'anciens temps bibliques, quand la médecine était contaminée par la magie.

L'année dernière, à Noël, l'aumônier avait surgi à la porte de la chambre de ma mère et je lui avais asséné : « N'entrez pas dans mon âme avec vos chaussures ! » Il s'était arrêté net et j'avais ajouté : « C'est une sentence biblique. Dans l'Ecclésiastique.

– Je sais. »

Il ne sait rien du tout, l'orgueilleux : ce n'est pas un verset biblique, c'est un proverbe tzigane. Pour le confondre davantage, tout de suite j'avais lancé : « Jusques à quand, ô niais, aimerez-vous la niaiserie ? » Ça, c'est dans Proverbes, mais j'avais dit : « C'est une maxime tzigane. » L'aumônier ne savait sur quel pied danser, il n'a pas l'habitude de tels effets de manches.

Ce soir-là, je t'avais plongé dans l'embarras, mon fils, parce que, au lieu de féliciter l'aumônier de sa messe de minuit, je m'étais mis à glorifier le fameux singe récemment exhumé dans le désert, le vieux Toumaï du Tchad, duquel nous descendons tous, et le rire de l'aumônier avait détoné comme une déflagration. L'homme descend du Christ et le Christ descend de Dieu, avait-il tranché, prompt à invoquer la hiérarchie paulinienne, et par compassion je lui avais laissé le dernier mot. C'est que j'ai toujours eu pitié de ces infirmes sans femmes qui s'abîment dans leurs prêches sans cesse avortés. Cela dit, il paraît que les motifs du célibat des prêtres plongent leurs racines jusque dans *La République* de Platon, mais je ne vois pas en quoi cela fait autorité et nous nous querellons sans repos, l'aumônier et moi. Malgré tout, je le gratifie toujours d'un généreux casuel. Je suis peut-être abject, mais je ne suis pas un rat. Et de temps en temps je lui envoie un chèque bien juteux pour l'inciter à veiller sur ma mère en mon absence. Comme l'écrivit à peu près Stendhal, l'évêque aime le poisson et l'abbé lui ôte les arêtes. Mais je ne me berce pas d'illusions : leur Dieu, aussi fugace qu'un brin de muguet, passe en coup de vent, comme le cul d'un homme dans le lit d'une morue, et l'on meurt seul et décharné, le sexe flapi. Oui, il me fait rire, leur Dieu improvisé, ce fou à ressort jailli d'une boîte à surprise, sans égard pour les millions d'hommes qui ont vécu avant sa survenue du néant. Or, un véritable Dieu aimant et tout-puissant aurait su se manifester par lui-même, sans intermédiaires historiques, sans messies, et il se serait cristallisé pareillement, pour tous et de tout temps, n'aurait sacré ni peuple ni prophète d'élection, mais aurait eu tous les pouvoirs sur chacun. Au lieu de quoi, ce Dieu manqué, comme un paquet d'antimatière plongé soudain dans un univers positif, s'est annihilé avec la substance de son éternité et de son universalité. Malgré tout, les gens veulent croire à l'existence d'une âme providentielle qui leur survivra pour traverser les âges, jusqu'à la résurrection des corps, mais ils ne savent même pas que la doctrine chrétienne de l'âme n'existait pas avant le concile de Carthage en 418.

Oh, mon fils, je ne vais pas bien du tout. Je pousse tout au noir et l'angoisse me reprend de revers. C'est que ça porte sur les nerfs, cette agonie bas de gamme : je meurs à la vitesse d'un cheveu qui pousse et j'ai peur que ça m'incite au meurtre. De jour en jour je ne remarque rien, mais de semaine en semaine je fonds comme une motte de beurre dans la casserole. Je détourne les yeux et soudain j'aperçois dans la vitre mon visage. D'une rigidité de pierre, traversé par l'espace vide et noir de la nuit, il hurle ma vilenie. Je ressemble au *Cri* d'Edvard Munch et mon crâne épluché me donne l'air d'avoir la pelade. Au regard de l'infini, il est indifférent que je vive ou meure. Le destin est une féerie, l'ultime arrogance des hallucinés qui ne savent pas s'arracher à la divagation des temps, et il ne me reste de ce gâchis qu'un sentiment d'indignité qui me poisse comme de l'ordure.

Heureusement, Nabila passe me voir à point nommé et je me sens un peu mieux. Elle a apporté de la mangeaille pour Petite-Garce et j'ai à cœur de lui parler un peu de mon père, le bon docteur Roy qui luttait vaillamment contre l'instrumentalisation des souffrances, si commune dans les hôpitaux et chez les malades.

« Il avait remarqué que les malades se plaignent souvent de ce que leur entourage les pousse sournoisement à manifester un optimisme et une joie de vivre qu'ils ne ressentent absolument pas, et ça le révoltait.

– Pourquoi ?

– Parce qu'on est en train de transformer les maladies en images d'Épinal. On nie par lâcheté la détresse humaine et on culpabilise les malades de leur état pour préserver les mièvreries mystiques sur lesquelles on a stupidement assis l'univers. Résultat, notre monde est infesté de faux culs qui nous soûlent de contes de fées et de sagesse de soins palliatifs. »

Elle me trouve impitoyable, Nabila, et si peu empathique envers mes comourants, mais peu à peu elle s'accoutume à ma brutalité et m'écoute sans chercher à m'infantiliser comme avant. Elle a même souri à une de mes plaisanteries sur mes « protections », ces couches-culottes de clowns foireux.

Pour détendre l'atmosphère, je lui raconte ensuite que la CBC a diffusé un enregistrement du fameux coq kirghize qui le matin hurle *Allah Akbar !* C'est qu'il voit des anges, le coq ; c'est écrit dans le Coran. C'est l'âne qui voit le diable. Chez Sénèque, le coq est roi sur son fumier, comme moi. Plus loin, les bouddhas naissent dans le feu, alors que la cérémonie de la pleine lune du mois de *vaisak* célèbre l'entrée dans la mort, et je commence à avoir peur.

D'ailleurs, quand tu verras ta mère, mon fils, encourage-la à dominer sa répugnance et à passer me voir avant mes funérailles. Tu n'as jamais rien su des secrets qui grouillaient derrière notre divorce, car nous souhaitions te préserver de ces outrages, mais sache que ta mère à la fin avait froid auprès de moi, et que le besoin humain de chaleur animale lui semblait des plus pitoyables maintenant qu'elle avait envie de vomir nos unions charnelles qui l'avaient polluée jusqu'à l'âme. Toutes les issues étant closes à jamais, nous avons jugé bon de dissoudre notre mariage par consentement mutuel, et c'est ainsi, mon fils, que ta mère et moi t'avons condamné à revivre sans cesse les faux espoirs d'une réconciliation et l'arrachement des adieux. Pour cela, nous méritons d'être rongés par des vautours.

Quand tu la verras, dis-lui que quelque chose s'est produit au moment où mon corps malade s'est refermé sur moi. Devant la mort tangible comme des murailles, au lieu de fermer les yeux je les ai ouverts, et je me vois enfin tel que je suis, tel que je fus. Tout au long de ma vie je me suis efforcé de tout dissimuler, mais sache que ma prédestination à l'échec m'a toujours poussé vers la malveillance. M'irritant sans cesse du bonheur des autres, j'ai souhaité du mal à tous ceux qui me surpassaient en intelligence et en mérite – mais je sais maintenant que le regard secret de l'humanité découvre l'indignité de mon âme et c'est pourquoi je dors si mal la nuit et que, le jour, je ne regarde jamais personne dans les yeux et ne peux sortir de chez moi sans vaciller sous la pesanteur du jugement des inconnus. Il me semble que mon indigence éclate dans les imperfections du petit monde que j'ai piètrement bâti dans la rancœur, comme si j'avais de tout temps cédé à la mort par lassitude. Et l'empreinte de mon esprit flasque se révèle jusque dans tes insuffisances, et dans les désillusions de ta mère qui m'a toujours inspiré une hantise des caresses et de l'intimité conjugale. Finalement, les coups de reins suffisaient à mon bonheur et je n'aurai eu pour ma femme que des pulsions pornographiques. J'aurai vécu à la surface des choses, dans l'écume de l'ego. Auprès de ta mère, j'espérais peut-être une névrose de transfert, qui sait ? Mais tout a échoué et je suis plus cinglé que jamais auparavant. Hélas, le prix de la faiblesse humaine, c'est toi, mon fils. Ne le prends pas mal, mais j'aurais peut-être dû me contenter d'être un continuateur des pélagiens, ces hérétiques qui évitaient la procréation pour ne pas faire de malheureux dans la vie. Démocrite non plus ne voulait pas avoir d'enfants, à cause des grands dangers de la vie et des douleurs de l'échec. Épicure était évidemment d'accord avec lui. Moi, au fond, je suis le vide, le rien, l'absence ; je suis un homme sans consistance. Sans doute à cause du système de numération décimale d'Al-Khuwarizmi, on dit que les Arabes ont inventé le zéro, mais c'est faux : c'est la civilisation hindoue, grâce à un long passé de spéculation philosophique sur le néant – et je te demande pardon, mon fils, si j'ai peut-être fait de toi un autre homme nihiliste et désespéré.

Pour finir, entends mes dernières volontés. Après ma mort, remets à ta mère mon exemplaire tout neuf de *L'Art d'aimer* d'Ovide (non, il n'est pas dédicacé par l'auteur, mais par moi) et assure-toi qu'elle lira ce passage : *Un anneau de fer s'use par un frottement sans cesse renouvelé, et le soc est rongé chaque jour par la terre qu'il déchire. Quoi de plus solide que le rocher, de moins dur que l'eau ; et cependant l'eau creuse les rocs les plus durs.* Et remets-lui le fameux billet que j'ai extirpé un soir d'un *fortune cookie*, dans un restaurant chinois, sur lequel on peut lire : *Le prix de la luxure est la mort.* J'espère qu'elle comprendra le sens de mes lamentations posthumes. Tout bien pesé, c'est une bonne personne, ta mère, et toute à sa décence, seulement elle n'a pas bagué le bon pigeon.

Ensuite, je donne vingt-cinq mille dollars à mon infirmière volante, Nabila Louhichi. Elle pourra se payer du bon temps, rembourser des dettes, faire aux indigents l'aumône de la zakât, accomplir le hadj à La Mecque ou pourvoir des parents pauvres de passeports canadiens, mais je ne veux pas de merci. Pour une fois que je me dépense sans compter, foutez-moi la paix.

Quant à ma pauvre mère, je lui exprime tout mon amour jamais éclos et lui lègue ma cargaison de couches inutilisées. Elle me reverra bébé et sourira ; elle se souviendra de mon premier poème, *La Mour et la Mitié*, et me pardonnera tout.

Quand il pleut je pleus aussi
Et mes yeux se ferment
Comme des magasins de couleurs.

Quant à toi, je te le dis sans tiquer : empare-toi de tout ce que tu veux, adopte Petite-Garce, liquide mes meubles, ma voiture, ma maison ; dépouille mon cadavre selon ta fantaisie et paye-toi des poules de luxe avec le capital-décès de l'assurance-vie et débouche avec elles mon dernier jéroboam de champagne. Jouis de ta vie et de ma mort, encaisse mon fonds de retraite et toutes les rentes imaginables, et laisse-toi pourrir jusqu'à l'os, tu es le roi maintenant et je suis ton esclave. Tu es en passe de devenir mon seul dieu et je n'en ai plus rien à foutre.

Laisse-moi quand même t'avouer quelque chose qui te fera plaisir. Tu te rappelles ton stage d'été intensif à l'université du Nouveau-Mexique à Gallup ? À ton retour, tu avais pondu un article dans une revue d'intellos – oui, monsieur avait compris les Navajos en cinq semaines ! J'étais rouge de honte à la lecture de ce pâté d'angélisme et de crédulité. « Le chant de la main tremblante sert à poser un diagnostic et à prescrire le bon remède au malade investi des pouvoirs des divinités présentes dans les tableaux de sables colorés… » Et puis les années ont passé, et récemment j'ai eu une fulguration : le génie a peut-être sauté une génération, passant de mon père à toi, loin par-dessus ma tête, sans me toucher de sa grâce.

J'ai alors décidé de te léguer une vieille thèse de maîtrise de ton grand-père, du temps que, jeune homme, il se livrait à l'épistémologie. Cette thèse s'intitule *Les Quechuas, Paracelse, Paul Ehrlich, ou le voyage aux sources de la chimiothérapie*. Il y est question de la fameuse écorce de quinquina des Indiens du Pérou, de l'efficacité du gaz moutarde contre les lymphomes, de la guérison de la première tumeur solide en 1958 – une tumeur de l'utérus. On y apprend aussi, et ça va t'intéresser, que selon les alchimistes les métaux croissent et tendent vers l'or, comme tous les êtres tendent vers la perfection ; que les vertus matérialisées dans les métaux sont des forces astrales ; que l'homme constellé d'astres doit errer comme les maladies s'il souhaite les comprendre.

Cette thèse, je l'ai relue récemment, après avoir ouvert la porte à un quinquagénaire distingué que j'avais pris pour un Témoin de Jéhovah. Trimbalant un porte-documents luxueux et arborant une rose à son pardessus, il a dit être un partisan fidèle de l'Ancien et Mystique Ordre de la Rose-Croix. Je l'ai aussitôt invité à passer au salon et il s'est lancé dans le récit d'une cosmogonie tragique qui a entraîné la chute de l'Homme et de la Nature. L'alchimiste est médecin de l'être et des choses, m'a-t-il dit, et il a parlé des alambics des faiseurs d'or, des extracteurs de quintessences et du petit cosmos que l'homme incarne, écho du macrocosme. Ça me plaisait énormément, mais tout à coup Nabila est arrivée comme un boulet de canon et elle a mis fin à notre entretien. « Vous devriez avoir honte, monsieur, de déranger ainsi un grand malade ! » Sans sourciller, le rosicrucien m'a convié à une assemblée du chapitre au manoir Rouville-Campbell du mont Saint-Hilaire, où il serait question de la vie harmonieuse avec les lois cosmiques. C'était tentant, et ça me rappelait mon père, alors j'ai dit que j'acceptais son invitation – mais je savais bien que je n'irais pas.

Après le départ du rosicrucien, j'ai convaincu mon infirmière volante d'aller trifouiller mes cartons au fond des garde-robes, à la recherche de la vieille thèse de mon père.

« Ça va vous passionner, Nabila. Il y eut une époque où l'alchimie était musulmane, vous savez, et mon père parle de cet alchimiste arabe, dont j'oublie le nom, qui a écrit une *Clef de Sapience.* »

À la vérité, si mon père s'est intéressé à la philosophie alchimiste, c'est que derrière le secret de convertir les métaux en or se cachait celui de prolonger la vie humaine dans un corps exempt de douleurs et d'infirmités. Le plus drôle, c'est que ce noble rêve de mon père n'a pas toujours été désintéressé. Lui-même avait fini par en rire. Du temps de sa jeunesse, par exemple, il ambitionnait de donner son nom à une structure organique nouvelle, à un phénomène physiologique inobservé ou à une maladie énigmatique, et même de mettre au jour des lois cosmiques ou infinitésimales en les mathématisant – citant les paroles de Démocrite, il avait longtemps affirmé qu'il préférerait découvrir une loi naturelle qu'être roi de Perse –, et c'est dans l'intention d'impressionner ses collègues réunis en congrès de médecins à Stockholm, à San Diego ou à Yokohama qu'il avait collectionné les cas rares, ses « beaux cas ». Mais les choses n'avaient pas tourné en sa faveur et, s'il avait longtemps envié Max Planck et sa constante, Gabriel Fallope et ses trompes, Marcello Malpighi et sa couche épidermique, Paul Langerhans et ses îlots pancréatiques, il avait fini par être désillusionné sur ce côté de sa vie et s'était proposé un but plus élevé : bien soigner ses malades, aimer sa femme et ses enfants, aider les pauvres, lancer des missions humanitaires. Il ne parviendrait jamais à la célébrité d'un Niels Bohr, d'un Louis Pasteur ou d'un Norman Bethune, mais le bien-être de ses proches et de ses concitoyens valait bien un prix Nobel – et le royaume de Perse.

« C'était un drôle d'oiseau, votre papa.

– Plutôt, oui. Quand on le présentait comme médecin, il haussait les épaules et répondait qu'il n'y a pas de sot métier. »

Nabila l'a trouvée bien bonne, cette boutade de mon père, puis, mine de rien, elle a produit sa trousse avec nécessaire à injection, ampoule et flacon de je ne sais quoi, du Sandostatin peut-être – je ne pose plus de questions, c'est trop déprimant.

« Et vous ? Comment êtes-vous, ce matin ?

– Euh, bien. »

Je mentais : j'allais tout de travers. Je venais de lire les Mémoires d'Adina Blady Szwajger, cette jeune pédiatre juive qui infligea la « mort douce » à des dizaines d'enfants pour leur éviter le gazage à Treblinka, et j'en étais encore bouleversé. Les atrocités du ghetto de Varsovie, où les Juifs avalaient de la graisse de singe et du sang de cheval, quand ce n'était pas du véronal ou de la morphine, me hantaient jusqu'à la moelle des os, plus que ma propre maladie. Nabila s'en est aperçue et a posé sur moi son regard inquisiteur. Je n'ai pu qu'articuler : « Le martyrologe des idéologies est atroce.

– Vous ne pouvez pas vous exprimer autrement que comme un vieux bouquin poussiéreux ?

– Nabila, *je suis* un vieux bouquin poussiéreux.

– Pas moi ! Allez ! Cul nu ! »

Cul nu, cul nu, c'est facile à dire quand on est du bon côté de la seringue. Mais l'instant d'après me voilà déculotté et pris d'une envie de jacasser.

« Vous savez, Nabila, j'ai parcouru votre Coran la nuit dernière. Je n'y cherchais rien ni personne, je ne suis qu'un infidèle, je visitais simplement les sourates en touriste, comme dans un souk, mais j'en ai tout de même retenu une phrase saisissante : “Ne surestime pas l'importance de ton don.” Ça m'a secoué jusqu'au trognon.

– Vous surestimez l'importance de vos dons ?

– Je me suis toujours auréolé d'un rien, mais à vrai dire je suis infiniment moins valeureux qu'un singe vert. D'ailleurs, il faudrait canoniser ces primates pendant qu'il en reste, parce que nous leur devons le vaccin contre la polio. Les singes verts sont des saints martyrs, tout comme les chiens diabétiques, les lapins enragés, les chats leucémiques, les souris de laboratoire que l'amour fait chanter, mais les hommes ne savent plus ce qu'ils doivent aux bêtes. Chacun devrait égorger des animaux et les étriper pour se nourrir. Les mains dans le sang chaud, nous redécouvririons le caractère sacrificiel de la vie, nous recommencerions à aller à l'église, à prier l'Agneau sans tache, à demander honteusement pardon à la Vierge et à nos mères si pures.

– Vous êtes bizarre, aujourd'hui. Où est passée votre haine ?

– J'y peux rien, Nabila, vos drogues me rendent croyant. La foi part de la fesse et irradie. Mais ça ne durera pas, rassurez-vous. Dieu n'équivaut qu'à quelques minutes de vraie grâce dans toute la vie d'un homme, pas davantage. Le reste, c'est de la théologie. Parlez-en à votre ouléma.

– Ne recommencez pas. Allez, dites quelque chose de gentil, je préfère.

– Je vous aime.

– Ouh là là !

– Je ne peux rien cacher aux femmes qui me voient les fesses à l'air.

– Parce que vous croyez que je vous vois ! J'en ai tellement l'habitude que je ne distingue plus rien. Ce n'est pas plus palpitant pour moi qu'un gigot chez le boucher.

– C'est bien dit, mais j'ai du mal à le prendre comme un compliment.

– Eh bien, ne le prenez pas, si vous n'en avez pas les moyens.

– Nabila, vous êtes craquante. Je…

– Haut les caleçons ! »

Nabila s'est encore livrée à quelques travaux de maintenance de ma pauvre tuyauterie, puis, avant de partir, elle a sorti la fameuse thèse de mes cartons. Ce faisant, elle a exhumé les *Enquêtes* de Borges ; *Le Crabe aux pinces d'or* en espéranto ; quelques romans qui me collent à la peau – *Pluie noire*, *Le Christ s'est arrêté à Eboli*, *Le Pavillon des cancéreux* ; l'*Éloge de la calvitie* de Synésios de Cyrène ; une vieille édition des *Roubaïates* d'Omar Khayyam que je lui ai offerte. Puis elle a mis la main sur une ancienne photo de mon père.

« Oh ! Il était beau garçon ! Il était avec des Indiens ? »

J'ai expliqué à Nabila que mon père avait joué à la crosse pendant ses études à McGill, ce qui lui avait valu l'honneur d'affronter le légendaire Iroquois Ross Powless, et que cette photo avait été prise lors d'un match amical de baggataway dans la réserve des Six Nations. Nabila était fascinée, mais le temps filait et d'autres malades l'attendaient ailleurs. L'hormone synthétique bien infiltrée dans la fesse, j'ai donc fait mes adieux à mon infirmière volante, on n'est jamais trop prudent.

« Je vous remercie pour tout, Nabila. Qu'Allah vous bénisse jusqu'à la centième génération.

– À demain. »

Ensuite, le crâne cendreux comme la pleine lune, je suis resté longtemps allongé sur le divan avec Petite-Garce. J'en ai profité pour relire l'*Éloge de la calvitie* – *Aussi la sagesse ne réside vraiment que dans une tête mûrie par les années, quand le temps, comme un vanneur qui sépare le bon du mauvais, l'a délivrée de cette vaine superfluité où se complaît la matière.*

Cela dit, mon fils, excuse-moi d'être si rabat-joie, mais je dois t'annoncer une dernière mauvaise nouvelle, la face cachée de mon héritage empoisonné : sache que la vérité du monde ne peut pas être éternellement multiple, délayée dans les subjectivités et les bavures culturelles, souillée d'opinions et d'espoirs. Car la vérité finit par s'imposer fatalement à chacun dans son unicité barbare et inhumaine, puisque, par-delà l'agonie, le monde est le même pour tous. En attendant, c'est à toi de jouer, fiston. Vis parmi les hommes si tu en as l'estomac, mais n'oublie pas : *le soutien de leur être est la simplicité*. C'est de Lucrèce, le poète latin devenu fou à la suite d'un philtre et suicidé à quarante-trois ans. Et, comme disait Gandhi : « Ce que tu peux faire est insignifiant, mais il est essentiel que tu le fasses. » Quant à moi, je reconnais dans les êtres et dans les choses les noms et les formes d'une force universelle qui nous sacrifie aveuglément, mais la lucidité est contingente et je dois m'accommoder de mon moi accidentel et cadavérique. C'est la mélodie que je me chante pour m'endormir, puis je laisse retomber mes paupières lourdes, je noie mon visage sous des eaux noires et je vois quoi ? Je vois la Terre cingler vers les étoiles en penchant dans la nuit, comme un vaisseau négrier.

« La vie consiste à gravir quatre collines, celles de l'enfance, de la jeunesse, de la maturité et de la vieillesse », a éructé à mon chevet la voisine, Mme Trépanier, cette pauvre goitreuse des Appalaches qui se prend pour le grand manitou affublé d'un sac-médecine, sa face confite dans l'extraordinaire, sa spiritualité en gargarisme.

« Mais tout ira bien, faites-vous-z'en pas.

– Vous avez raison, madame : dans peu de temps, quand j'aurai commencé à vomir mes propres fèces, je me sentirai beaucoup mieux. »

Elle a pris mes sarcasmes pour argent comptant et d'un geste grotesque elle a tiré de son sac des excréments de bison séchés, cadeaux d'un guérisseur chipewyan du Manitoba. Elle a rôti ces crottes dans un brûle-parfum et depuis que j'ai inhalé cette merde je flambe de haine pour cette bohémienne infectée d'illuminisme.

« Vous n'avez pas encore remarqué, triple idiote, que j'ai un cancer du cul ? »

Elle s'est enfuie en pleurant, la squaw Trépanier, tant pis pour elle, que le diable l'emporte avec ses Chipewyans anachroniques, ses bouses pestilentielles et ses quatre collines de mes deux fesses.

Il reste que le pire de tout, mon fils – et prie fort pour ton père si tu crois en quelque chose ou en quelqu'un –, c'est que mes seules consolations possibles, les filles dépravées des bas-fonds, dès que je déboucle ma ceinture et baisse mon pantalon, désormais s'évaporent dans la nature sur la simple vue de la petite poche autocollante abouchée à mon anus artificiel.

POUSSIÈRE ROUGE

Un soleil de trop crisse dans la fêlure en étoile d'une vitre sale et j'ouvre l'œil sur une femme à l'haleine de cendrier, déjà débaptisée, qui a dû être brûlante quand j'étais soûl, que j'ai peut-être caressée avec humanité – va savoir. Mais le rêve est fini et j'ai la langue chargée. Elle a bavé sur son oreiller et je ne vais pas en rajouter. Son visage est une espèce de bébé à l'agonie ; seules les paupières tremblent encore faiblement sous l'emprise d'un cauchemar. Elle dort les mains jointes entre les cuisses comme si elle avait mal au ventre, comme si elle priait le dieu du Néant de l'emporter dans l'oubli ou de la préserver des violeurs. Nous nous sommes mutuellement volé quelque chose que dans l'ivresse nous avons dû croire précieux, mais je repars les mains vides et elle se réveillera seule et nauséeuse. Je saisis mes vêtements froids roulés en tapon contre le mur et je les enfile sur mon squelette. Ma chemise est répugnante : j'ai dû m'en servir pour me moucher cette nuit ou pour éponger des vomissures. Ce n'est pas une tenue pour aller chez le médecin, sauf si c'est un psychiatre qui veut vous enfermer dans un asile de schizophrènes. Je ramasse ensuite mes lunettes et mon portefeuille sur le tapis semé de brûlures de cigarette, mais j'abandonne dans les draps l'apocalypse cryptée de mon génome. Heureusement, la semence est soluble dans la lessive et les taches de sang disparaissent avec du sel, comme le vin rouge dégueulé. Finalement, je n'aurai laissé aucune trace ; mon existence est un crime parfait.

Soudain mon regard rencontre celui d'un type repoussant dans le miroir en pied. La ligne de ses cheveux creuse des golfes sur son front déplumé. Sous sa chemise qu'il n'a pas encore boutonnée, il a les côtes en lames de xylophone. Pour un peu j'aurais pitié de lui, mais je suis son pareil, son jumeau. Je le connais si bien que je ne peux l'aimer, néanmoins je lui adresse un signe de la main droite et il me répond de la main gauche, par esprit de contradiction. Nous n'avons plus rien à nous dire, rien à partager, sinon cette vilaine plaie sur le front, comme une autre brûlure de cigarette. Et les résultats d'une biopsie. Mon frère s'est toujours gargarisé de l'amour dans la vidange des gonades. Tout le froid du monde vient de lui. Je m'en vais. Il s'en va. Nous glissons en même temps hors du miroir.

* * *

En mettant le pied sur le balcon, je constate que le vent rabat sur le quartier le panache de fumée de l'usine de papeterie et répand dans les rues des relents d'œufs pourris. C'est le petit déjeuner couleur locale, mais les touristes se font rares en ce mois des morts. Je préfère quand le quartier sent le bran de scie ou le tabac haché. Je ferme le zip de mon manteau et dévale les deux volées d'escaliers. Une fois sur le trottoir, je remarque que j'ai forniqué toute la nuit au-dessus de la mosquée alliée aux Frères musulmans et au wahhabisme saoudien. Trop soûl hier soir, je n'avais rien saisi de ce détail comique. Un coup d'œil sur la devanture du rez-de-chaussée m'apprend que nous sommes le 14 Mouharran de l'an 1434 de l'Hégire. Mardi ? Mercredi ? Je ne sais plus ; une migraine carabinée m'empêche de voir quel jour nous sommes en Occident. D'après l'horaire des prières scotché sur une vitre (à côté d'une coupure de magazine qui dit : *La mosquée de Limoges profanée avec des excréments*), le soleil s'est levé deux heures avant moi, à sept heures six – c'est le Chourouk qui a clos le temps de la prière de Fajr. Le prochain appel sera celui de Dohr à onze heures trente-quatre. La prière vaut mieux que le sommeil, psalmodiera le muezzin dans le petit local surchauffé, et l'imam dira peut-être que Dieu égare celui qu'Il veut et guide celui qu'Il veut, mais je ne chante pas dans le même sens qu'eux et pour éviter tout malentendu je m'en vais me fondre dans mon petit peuple de locataires somnolents.

Je n'ai pas fait trois pas que la fameuse dame à béret à plumes de la Fraternité sacerdotale Saint-Pierre fonce sur moi comme le typhus sur un mal-nourri. Cette zélée me rappelle une voisine à Ville-Vanier, quand j'étais petit, tellement exaspérante que mon père, quand il la voyait, criait : « La fuite en Égypte ! » Elle doit me prendre pour un réfugié kosovar, peut-être pour un assisté colombien qui a perdu la foi. « Pas de religion ce matin, madame, j'ai trop mal aux cheveux », lui dis-je dans l'espoir de lui échapper, mais cette teigne a si peur que je devienne musulman, ou athée, ou pédé, qu'elle me fourre presque dans les culottes un feuillet de sa chapellenie. Ce n'est pas l'évangile selon sainte Nitouche, c'est l'horaire des messes en latin à l'église Saint-Zéphirin de Stadacona, comme à la belle époque où la plèbe affamée dévorait les chevaux de l'aristocratie. « Si vous connaissiez mon nom, madame, vous me laisseriez tranquille. » Elle me demande comment je m'appelle et je réponds : « Karl Marx. » Ç'a l'effet d'une poignée de sel sur une sangsue et la bougresse se détache de moi.

Enfin libre d'arpenter les trottoirs à ma guise, je me dirige vers une boîte aux lettres et glisse par la fente la missive que je traîne dans une poche de manteau depuis deux jours. Je ne l'ai dit à personne, par crainte de me faire interner, mais depuis six mois je m'envoie à moi-même des cartes postales. On peut bien me dire malade de solitude, ce n'est pas moi qui ai l'air le plus détraqué quand je lis mes cartes en souriant, au Buffet de l'Antiquaire, au-dessus d'une platée de fèves au lard. Sur ce, stoppe devant moi un camion à ordures qui empeste la viande putride, et le chauffeur, sans doute parce que je me pince le nez en grimaçant, me gratifie d'un doigt d'honneur. Je lui réponds par un baiser soufflé et j'ai droit cette fois à tout un bras d'honneur. Je fais de l'effet à ce mammifère en rut, puis le feu passe au vert et le camion s'éloigne à regret.

De l'autre côté de la rue, j'aperçois alors mon charlatan préféré qui lave au vinaigre les portes vitrées de son magasin de panacées. Il vend à prix d'or des enzymes thaïlandaises contre le carcinome du poumon, des cures d'argile contre la cirrhose alcoolique, de la teinture de millepertuis contre la dépression, un spray nasal contre la légionellose de la Basse-Ville, de la racine de réglisse pour traiter l'herpès, de l'ashwagandha pour restaurer la libido – et autres poudres à bander. Ce pirate a tout de même mené une excellente étude de marché et il connaît les maladies endémiques du quartier. Il ne lui manque que du sirop contre le chômage. Je lui demande en passant s'il a un antidote contre la poussière rouge et il rit jaune. C'est que, encore une fois ce matin, tout le quartier de Limoilou est recouvert d'une fine couche de métaux lourds, gracieuseté des vraquiers du port de Québec. Arsenic, plomb, zinc, nickel, cuivre – ces cocktails chimiques assureront la prospérité de générations de toxicologues et d'épidémiologistes. Je passe la main sur le capot d'une vieille Chevrolet qui semble avoir fait une virée sur la planète Mars et j'en ramène une paume rouille. Je m'essuie sur mes jeans, mais j'ai peur que ces scories rongent le denim jusqu'à ma blanche cuisse. Soudain je m'arrête et j'enlève mes lunettes pour me triturer les tempes, puis je fais demi-tour.

Revenu chez mon charlatan préféré, je lui demande de la poudre de perlimpinpin contre la céphalée. Il s'enquiert si je souffre de scintillements et de confusion des couleurs et je fais oui de la tête comme un cheval qui encense, alors il me fourgue du chou-de-chien. Je lis MIEL DE MERCURIALE sur la bouteille. Il me recommande d'en boire immédiatement une gorgée, mais il attend que j'en aie avalé quatre lampées pour me parler des propriétés laxatives de ce julep amer. Trente dollars, c'est du vol, mais au moins j'ai mon placebo et je me sens mieux. Je paye le naturopathe avec mes derniers billets, et la mitraille qu'il me rend sent l'eau de Javel : je soupçonne cet obsessionnel compulsif de désinfecter les pièces de monnaie de sa caisse enregistreuse. Il me demande alors ce que j'ai au front, si ç'a un rapport avec mon hémiplégie. L'air mauvais, je lui réponds que c'est un stigmate christique et il me lâche la grappe.

Au sortir de la boutique aux cent mille médecines, un grand-père propulsé sur son quadriporteur électrique manque de me renverser et poursuit sa folle équipée sans sourciller, mais j'ai reconnu son visage fripé sous sa casquette de prolétaire. Je le croise partout dans le quartier, où il écrase obstinément les orteils des passants. Il se nourrit de poutine au casse-croûte Pierrot et je le vois souvent au Ludoplex de Loto-Québec, où, pendant que je joue au poker sur un terminal, il passe la journée suspendu à un appareil de loterie vidéo. L'État a bien sûr adapté ces lieux de perdition aux besoins des handicapés, étant entendu que la mobilité réduite ne doit pas empêcher le sur-impôt volontaire. C'est ce qu'on appelle un projet de société.

Je repars zigzaguant dans le quadrillage de rues et d'avenues numérotées comme dans un petit New York. Dans la Neuvième Rue, des ouvriers perchés sur un échafaudage remplacent le revêtement de planches d'une maison centenaire par des clins en vinyle et des fenêtres en aluminium tout en écoutant à tue-tête la radio-poubelle. Un matamore, bête à manger du foin, gueule dans le transistor que les gauchistes de Limoilou se plaignent pour rien encore une fois, que c'est plutôt une carence en métaux qui peut rendre les gens malades. C'est vrai que la poussière rouge nous permet d'économiser sur les multivitamines et les compléments alimentaires ; et que les industriels, ces philanthropes qui s'évertuent à nous préserver de l'État providence, sont au-dessus de tout soupçon.

Je n'entends bientôt plus crachoter la radio contagieuse et me voilà sur le chemin de la Canardière. Il y a cinq ou six ans, les méchants scientologues de Limoilou cédaient leur place aux gentils bouddhistes japonais. PAIX, CULTURE, ÉDUCATION, lis-je sur l'enseigne de leur centre de propagande, mots ronflants qui dissimulent les mantras aliénants de la Sôka Gakkai, la secte la plus riche du monde qui finance la banque Mitsubishi et pourrait racheter Toyota demain matin. Allergique aux illuminations à cause de mes crises migraineuses qui déclenchent ma photophobie, je suis bouché hermétiquement et le Soutra du Lotus prêché au mont des Vautours par le Bouddha me fait périr d'ennui. C'est que tous les mystiques de la terre me tombent royalement sur les rognons avec leur nirvana de parvenus et leur sagesse au patchouli. Ils se prennent pour des prophètes, mais ne sont que les poupées d'un jeu de massacre, comme n'importe quel tartempion. Ils vont en Inde en Boeing se décrasser le nombril chez des gourous ampoulés sans voir les millions de miséreux sous-alimentés et infestés de parasites qui vivent avec les rats et boivent des coliformes, entassés dans des boîtes de carton entre les voies ferrées et les murs d'enceinte des ashrams et des quartiers fortunés. Or, il n'y a qu'une vérité : la guerre éternelle, avec ses décharges d'adrénaline. Tous les hommes qui y goûtent deviennent extatiques et nulle méthadone ne pourra jamais conjurer cette hystérie générale. Il suffirait pourtant d'exciser les glandes surrénales de tous les bébés mâles et la guerre serait ôtée à jamais du sang des hommes. Ça n'a rien à voir avec le grand nuage du dharma. En attendant la stérilisation eugénique, les simagrées de la Sôka Gakkai ne sont que des égrégores de francs-maçons à la sauce soya. Je préfère encore nos églises désacralisées converties en bibliothèques, en écoles de cirque, en pistes de skateboard.

Au carrefour suivant, à l'orée du parc Sylvain-Lelièvre, je suis accosté par des contestataires habillés en hippies. Ils campent sous la longue portée en aluminium chargée des notes de musique et de deux vers de la chanson *Toi l'ami – Que par-dessus les mers, les villes et les toits Se rejoignent nos mains à force d'espérance.* Ces rebelles échevelés accusent les gouvernements d'incorporer des produits biochimiques au kérosène des avions qui les disséminent du haut des airs. Ils me parlent d'agents immunosuppresseurs, de neurotoxines et de microbes pathogènes pour contrôler la démographie des populations indésirables. Je pars à rire et je prends un tract en disant : « Je vais le donner à un ami. » Et j'ajoute : « Vous devriez lâcher un peu Internet pour vous occuper plutôt de la poussière rouge. » Ils me répondent : « Hein ? Quelle poussière rouge ? » Il faut dire à leur décharge que Québec est un lieu venté – et que leur Q.G. est peut-être à Sainte-Foy… Je dis quand même : « Vous n'écoutez pas la radio-poubelle, vous autres ? » Ils rient à leur tour, et là-dessus je me remets en chemin.

Clopin-clopant j'aboutis sous le viaduc ferroviaire, après le boulevard des Capucins, où tous les capucins sont morts et enterrés depuis longtemps. Dans un mauvais film, un train de marchandises passerait à cet instant, histoire d'exploiter le décor sinistre de cette zone dévitalisée, mais aucun train ne passe et ça me rassure : ma vie n'est pas un mauvais film, juste un roman surfait. Je croise alors une paire de cégépiennes qui s'en vont s'instruire avec leurs jolis bonnets péruviens sur la tête, et par coquetterie je me gratte le front pour leur cacher ma plaie. Soudain j'ai envie de leur parler et sans cesser de me gratter je les arrête pour leur demander quel jour nous sommes. Elles répondent en chœur « mercredi », et d'avoir mêlé harmonieusement leurs voix les fait rire. Je dis que je suis déçu, que je me croyais mardi et que j'ai le sentiment d'avoir été floué d'une journée par la vie. Elles se lancent un regard en coulisse et pouffent de nouveau, puis elles me souhaitent le bonjour malgré tout et se remettent en marche. Même de dos elles sont avenantes. J'avais leur âge quand je suis passé de la foi au doute comme de la simplicité au drame, mais elles s'en foutent comme de leurs dents de lait. Elles laissent quand même flotter pour moi dans leur sillage un parfum de savon doux, mais c'est un bonheur éphémère : passé le viaduc, l'incinérateur municipal dresse brusquement sa masse de béton aveugle et sa cheminée quadruple, et une bouffée de furanes et de dioxines me ramène sur le plancher des vaches.

Plus loin, à l'intersection du boulevard Henri-Bourassa, je bifurque sur ma gauche. Souillé par ma nuit chez l'autre païenne, je m'en vais en pèlerinage à l'hôpital de l'Enfant-Jésus. Je m'en vais pleurer M*** qui y a laissé ses os, M*** perfusée, trachéotomisée, intubée, incontinente, ventilée mécaniquement. Sainte M*** martyrisée sans espoir. Un fantôme à mon bras, je marcherai pensivement dans les labyrinthes où j'ai perdu mon âme et je demanderai pardon à M*** de l'avoir trompée encore une fois. Centre ultraspécialisé de neurosciences tant qu'on voudra, il n'y a pas de remède contre la vie. Je souhaiterais aussi que M*** m'insuffle le courage de poursuivre ma route jusqu'à la sinistre clinique dermatologique de Maizerets, où je suis attendu.

* * *

... Je te fais grâce des habituelles analogies ridicules – le feu et la glace, la vie et la mort ; les volcans de la passion et la lave dans les veines, fuck me *! Sache seulement que la vie est agréable dans la baie des Fumées, même s'il pleut et vente beaucoup et que mon auberge pue le hareng. Ici, l'aéroport ressemble à un musée d'art moderne, on échange des ailerons de requin pour des couronnes et tous les vieux lisent des poèmes (les jeunes préfèrent défiler dans les rues dans de gros 4 × 4 à pare-buffle). Je me plais bien parmi cette populace homogène au sang pasteurisé, comme chez nous à Québec. Curieusement, les gens ici n'ont pas de nom, juste des prénoms, et je les trouve bien stoïques avec leur langue fixée depuis mille ans. Le café est quelconque (tu en redemanderais...), mais la bière Viking est potable, surtout avec une tête de mouton bouillie. Toutefois, pour se rincer les dents, rien ne vaut leur alcool de patate au cumin. Ici, il y a même des bananes poussées dans des serres chauffées par des solfatares, de la vapeur chaude soufflée du fond de la terre comme par des évents de baleine. Sinon, je voudrais bien aller marcher dans les champs de lave jonchés de blocs d'obsidienne, pour contempler les orgues basaltiques et les empreintes du cheval d'Odin, mais on me le déconseille. Tiens-toi bien : je pourrais me perdre et... mourir, ha ! ha ! ha ! On me recommande plutôt le musée du pénis d'Húsavík (peut-être que le musée de l'érotisme de Saint-Pétersbourg leur a prêté le pénis de Raspoutine...), mais je n'ai pas envie d'y aller seul comme un vieux pervers. J'aimerais inviter une jolie femme à m'y accompagner, on a tous*

besoin d'une caution morale pour faire nos cochoncetés, alors je m'entraîne à dire : « Miss, þú vildi fylgja mér á typpið safnsins ? »...

* * *

Selon cet arriviste du quartier Montcalm qui se nourrit chez les traiteurs de la rue Cartier et fréquente les récitals d'orgue de l'église Saint-Dominique, Che Guevara est le fils de Victor Hugo, et lui se croit l'arrière-petit-fils du Mallarmé des poèmes-tombeaux, le petit-fils de Nelligan (*Pour cette âme enroulée aux doigts des Mauvais Anges*) et le fils de Jack Kerouac. Depuis qu'il a lu *Tristessa*, il a décrété que Québec est trop petit pour son ego et il traîne son spleen artificiel dans des pays chers, essayant de faire éditer ses romans alambiqués à Paris en se faisant passer pour un écrivain américain à sang indien – un quart de Cheyenne ou un demi-Apache, il hésite encore sur sa race et sur son degré de pureté. À ses yeux, son quartier natal de Saint-Sauveur (il est né au-dessus d'une taverne de la rue Saint-Vallier, des efforts d'une vendeuse de chapeaux et d'un chauffeur de taxi), la langue de Roger Lemelin et une ascendance normande manquent de magie, alors il échafaude des fantasmagories. Il est du genre à se laisser inviter au bar *Jules et Jim* et à vous balancer des phrases comme : « C'est amusant comme Machiavel revient, non ? » ; ou : « Il n'y a rien de mal à érotiser l'argent » ; ou : « Il y a des gens sur cette terre qui mériteraient qu'on mange leurs enfants. » Ou bien il exhibe ses derniers achats chez le disquaire : le rappeur tibétain Shapaley, Nine Inch Nails, Arvo Pärt, *Der Ring des Nibelungen* de Wagner sur vinyle (oui, toutes les citations en exergue à ses textes sont en allemand, tant pis pour les analphabètes – mais il dit Bétove au lieu de Beethoven). Ou il feuillette avec ostentation une Pléiade de Dostoïevski ou de Sade.

Ou il vous annonce qu'il veut étudier le sanskrit pour lire les *Rig-Véda* dans le texte. Qu'il a loué au château Saint-Louis l'appartement contigu à celui où vécut Gabrielle Roy, et qu'il a la nuit des conversations avec le fantôme du grand écrivain qui loge dans le mur mitoyen et chuchote par les prises de courant. Il y a quelques années, il rédigeait des allocutions du ministre de la Culture et du Premier ministre, mais j'ai découvert qu'il plagiait André Malraux et le général de Gaulle. Ça ne l'a jamais empêché de me snober légèrement, sous prétexte que je mange des hot-dogs chez Milou et que je travaille à temps partiel dans la petite imprimerie de la rue Ozanam, où je révise chaque semaine les feuillets paroissiaux des quatre cent quatre paroisses de l'Est du Québec. Je l'ai déçu aussi le jour où je me suis désabonné du câble et d'Internet. Je lui ai expliqué que, pour surfer sur le Web, je vais à la bibliothèque municipale, c'est gratis, et que la dernière fois que j'avais allumé la télé j'étais tombé sur un débat crucial d'une heure : « Êtes-vous pour ou contre le gluten ? » Franchement, je ne m'ennuie que des miss météo bien roulées – c'est agréable, des Aphrodite annonçant des ouragans –, mais selon lui il n'y a que deux catégories d'hommes, les branchés et les débranchés, séparés à tout jamais par le Grand Canyon. Bref, je connais ce spécimen depuis quarante ans, mais je ne lui ai jamais dit qu'il n'a pas de talent. C'est ce qu'on appelle un ami. Le seul qui me reste. Le seul que j'aie jamais eu.

* * *

Pour faire advenir la vérité, il faut la tirer au crochet, comme pour le ver de Guinée. « À l'œil nu, m'avoue le médecin spécialiste, je ne peux me prononcer sur la gravité de l'ulcération. Seule l'analyse des tissus fera foi. » Il s'exprime bien, mais on ne peut pas dire qu'il a le don de me rassurer. J'ose lui demander si j'ai trop tardé à lui montrer mon désastre, mais il ne répond pas. Il semble préoccupé, les traits de son visage sont compliqués, mais il a peut-être toujours cette face de funérailles. Puis il me fait m'allonger pour pratiquer l'exérèse sans perdre une seconde. Je ferme les yeux et je sens une piqûre au front, l'anesthésie locale, ensuite le scalpel me découpe les chairs et je grince des dents. Peu après, le médecin me tend un tube que je dois remettre à la secrétaire. Je vois dedans flotter ma lèpre, une tumeur sanguinolente destinée au laboratoire de pathologie. Pour revoir la secrétaire, je dois repasser dans le salon d'attente. La pièce est bondée, mais personne ne parle. Je sens tous les regards malsains posés sur moi, sur mon pansement, sur mes mains qui grelottent. Tout le monde peut voir le tube et le débris nécrosé qui surnage dedans, même si je tente de le dissimuler. La secrétaire me sourit, s'empare de l'éprouvette. J'ai le cancer et elle est de bonne humeur. Ensuite elle me fixe un nouveau rendez-vous, celui de la vérité vraie, et je crains la date : le 24 décembre.

« La clinique va être ouverte le 24 ?

– Jusqu'à midi. »

Soudain, je repense à ce roman brésilien que M*** m'avait fait lire, où des geôliers sadiques lâchent une mygale dans le cachot enténébré d'un prisonnier nu. M*** avait tout pressenti : cette mygale qui rôde autour d'une solitude recluse et angoissée, c'est la maladie universelle qui hante le corps de chacun.

M*** fut ma tragédie. Je l'ai intériorisée avec mes névroses, laissant croître en moi tous ses jugements muets. Un soir, elle m'a dit : « Je t'écoute tout le temps, même quand je te parle. » Elle me perçait à jour sans effort, effarée par ce don diabolique, mais elle taisait ses vues pour ne pas m'humilier. Je me croyais néanmoins déshonoré de me montrer si vulnérable et je n'ai pas eu le courage de l'aimer comme elle m'aimait, mais tout mon sang a assimilé son sérum de vérité et aujourd'hui j'ai peur. Est-ce encore une sorte d'amour, cette véhémence morbide au goût de suicide ? Reconnaître son visage fourbe à la lumière d'une femme parfaite et immoler ce visage pour purifier le monde, ce n'est peut-être pas exactement la haine que l'on croit, mais il est trop tard pour s'adonner au révisionnisme historique. M*** est morte et je n'ai plus personne.

* * *

… C'est un pays redoutable et accidenté, raclé jusqu'aux os et quasiment biblique. Des cygnes venus du royaume des morts glissent sur les eaux trompeuses, alors que les âmes transmigrent avec les nuages fous qui errent sur la mer couleur de moisissure, sur les montagnes et les plateaux désolés, avec les rennes pelés dans la caillasse et les aigles qui tournoient là-haut comme des aliénés. Il y a des rameaux d'osier et des raisins de corneille dans les replis des rivières, des éboulis de roches jaunes et rouges, des prairies de mousses que le vent balaye. Les buissons de genévriers fourmillent de trolls qui s'aspergent le visage dans les sources, et les génies souterrains veillent sur les métaux précieux. J'ai lu ceci dans un livre de Thor Vilhjálmsson : « Chacun n'était pas replié dans son coin comme un oiseau de malheur : tout le monde était d'accord et l'homme était la joie de l'homme. » C'est de la littérature étrangère, très étrangère, car cette vie vertueuse n'est certainement pas pour nous, les carnassiers du Nouveau Monde…

* * *

J'ai la tête de Jack Nicholson lobotomisé dans le nid de coucou, avec en prime un trou de balle en plein front.

Qui dit mieux ? Si l'on accordait à chacun le désir d'être un autre homme, disait à peu près mon père, nous serions tous le même : un grand type beau, fort, riche et intelligent. Or, il faut se contenter d'être ce qu'on est pour perpétuer l'humanité, bâtarde par essence. Autrement dit, si on ne s'accepte pas tel qu'on est, on ne copulera jamais – tel était l'enseignement plein de sagesse de mon père. Néanmoins, c'était un homme pieux, et humble. Même si on n'est qu'un trou-de-cul, disait-il, c'est quand même le trou-de-cul du bon Dieu. Cela dit sans aucune nuance de blasphème, c'était juste une façon de parler ; mon père ne s'apercevait même pas que cette formule heurtait la délicatesse. Pauvre de lui : un furoncle éternel lui bourgeonnait sur le bout du nez, il avait les doigts jaunis par la nicotine, il essayait de se blanchir les dents à la cendre de cigare, il se levait à cinq heures du matin pour vomir de la pituite dans le lavabo, mais il s'en foutait et distillait avec son cousin des mélasses de betterave pour élaborer un rhum artisanal qui décapait les tripes et brûlait les polypes précancéreux, croyait-il – et il n'avait pas tort. La preuve : il est mort d'un cancer du gros orteil, comme Bob Marley. Ma mère aussi est morte du cancer – c'est de famille, comme la myopie et la calvitie. Le sein, ma mère, avec des métastases dans les poumons, le foie, et jusque dans les yeux. C'est bien beau, des seins, mais le problème avec eux c'est les tumeurs. Il avait raison, mon philosophe de père : les progrès de la médecine ont démocratisé le cancer. Mais il faut vivre sa maladie à tombeau ouvert, ajoutait-il, et il s'est soûlé jusqu'à son dernier soir pour montrer l'exemple. Le cancer est soluble dans le rhum, affirmait-il, et même un peu dans la morphine, sauf vers la fin. Il avait demandé qu'on lui fasse faire trois tours sur lui-même dans son cercueil avant de l'enterrer, pour l'empêcher de retrouver le chemin de la taverne.

Ma mère, elle, obèse invalide, gâchait ses journées devant son petit téléviseur en noir et blanc, saucissonnée dans ses bas à varices, à manger du chocolat et du fromage en grains, à boire du porter Champlain et à fumer des Rothmans en noircissant des grilles de mots croisés. J'aimais ses manières hommasses, qui étaient de l'affection rentrée. Quand elle riait, le gras de ses bras tremblait comme de la gelée. Le dimanche matin, elle suivait la messe télédiffusée sur la chaîne d'État. Elle marmonnait les antiennes, les répons, les amen – tout en buvant à la paille du Pepsi-Cola. La coloration de sa voix m'évoquait le caramel brûlé. Elle disait : « J'irais plus souvent à l'église s'il y avait une piscine chauffée et si on y servait du punch à l'ananas. »

Mes parents n'ont pas fait de vieux os pour la chienne de vie, mais j'ai eu le temps d'hériter d'eux mon goût immodéré pour l'humour désespéré et l'esthétique désenchantée. Ils m'ont peut-être aussi légué des mutations génétiques et de l'ADN endommagé, mais ils m'ont aimé et je leur pardonne tout.

* * *

... J'ai fraternisé dans un bar avec un fou ! Un électronicien américain qui ressemble à Oliver Stone. Il s'appelle Larry, c'est un célibataire endurci (il pense comme moi : il n'y a plus d'amour, rien que des catins qui font la toupie avec un stérilet dans leur chatte en cul-de-sac pour tenir la vie en respect). Larry a longtemps travaillé à la base aérienne de Thulé, au Groenland, à la surveillance des satellites et des missiles balistiques. En 2005, il a été affecté en Islande, à Keflavík, pour superviser la fermeture de la base de l'OTAN, et il n'est jamais reparti. Il s'occupe aujourd'hui des équipements de communication laissés derrière par la U.S. Navy. Mais il s'ennuie à crever dans ce pays sans armée et il rêve de relancer de vieux projets ultrasecrets de la CIA,

annulés par Nixon, qui consistaient à mettre au point des armes biologiques, virus, bactéries, et des substances chimiques incapacitantes pour décimer les pauvres, les Noirs, les socialistes, les islamistes, les Russes, les Chinois, n'importe quel ennemi de l'Amérique bien blanche. Par contre, il dit que la théorie selon laquelle le virus du sida aurait été synthétisé dans le Maryland pour exterminer les homosexuels américains et les Noirs sud-africains est loufoque. Légende urbaine. Il dit que l'ancêtre du VIH serait passé naturellement du singe à l'homme il y a longtemps, peut-être quelques siècles, en Afrique centrale, où les gens bouffent du chimpanzé. Tu avais donc raison. Un à zéro pour toi. Es-tu content ?…

* * *

Trois heures du matin et je n'ai pas trouvé le sommeil. Pourtant l'immeuble est silencieux, mais le désordre est dans la vie intérieure. Des autos passent dans la rue et font un bruit d'océan. Couché sur le dos dans mon lit, je suis des yeux les lueurs des phares qui glissent obliquement sur les murs de ma chambre et je dérive dans le passé. Quand j'étais petit, je prenais ces lumières pour des âmes errantes qui vagabondaient dans la nuit, arrachées aux corps enterrés quelque part, les corps qui hurlaient sous la terre, et ces visions m'épouvantaient. J'essayais de fuir ces sensations terrifiantes que m'inspiraient le corps et l'âme, mais en vain. Et puis, un jour, des années plus tard, j'ai tout compris : le malheur de l'homme est d'être à la fois la galère et le galérien.

* * *

24 décembre, déjà. Les jours, comme des voyous, nous dépouillent et détalent en nous montrant leur cul. Je ne

sais plus où déverser mon trop-plein de bile noire et ma dernière nuit blanche a accouché d'un autre matin rouge sur Limoilou. J'ai fini de lire *The Emperor of All Maladies*, la biographie d'un monstre « aux imprévisibilités volcaniques » ; je suis allé hier soir entendre la messe en latin à Saint-Zéphirin de Stadacona où j'ai souhaité joyeux Noël à la dame à béret à plumes ; et j'ai reçu ce matin la carte de vœux que je m'étais postée jeudi – « Bonne santé, vieux frère ». Mais toute cette poussière métallique sur les autos et dans nos poumons est de mauvais augure. Bientôt nous souffrirons tous de porphyrie et nous pisserons rouge. De plus, les cellules malignes ne respectent pas la trêve de Noël et un patient blême sort chancelant du cabinet. Il peut avoir cinquante ans. Quand il passe devant moi, anxieux de s'effacer, je me surprends à fouiller son visage catastrophé, à la recherche de quelque mélanoblastome, mais il a la face indemne. La nécrose doit lui gangrener le bas du dos ou le gras de la jambe. Nos regards misérables se croisent un instant, puis se détachent sans chaleur. Là-dessus, une voix blanche appelle une dame et l'appelée bondit de sa chaise, comme piquée par une guêpe, et file consulter l'oracle. Elle est du genre à saisir le Léviathan par les ouïes et elle me survivra sans mal. Mon tour approche et mon sang s'agite. Je ne sais plus quoi faire de mes dix doigts. Même si le crâne m'élance, je lirais bien quelque chose pour m'occuper l'esprit, mais il n'y a sur les tables que des revues de bonnes femmes botoxées. Pourquoi pas *La Maladie comme métaphore* de Susan Sontag et un fond de « belle musique trisse », comme disait ma pauvre mère ? Trop intello pour la galerie, j'imagine. J'aperçois alors le coin d'un magazine d'actualité. Je mets la main dessus, l'ouvre, et tombe sur des photos de jeunes femmes vitriolées en Inde et au Pakistan. Des restants de visages dévorés par l'acide sulfurique. Plus loin, j'apprends que dans le bar de son yacht, Onassis posait ses fesses olympiennes sur des fauteuils en prépuces de cachalot. Je me débarrasse vite de ce magazine obscène et je me souviens alors que j'ai dans une poche la dernière lettre pliée de mon seul ami. Je la tire à la lumière des néons, elle est toute chaude, heureuse d'avoir voyagé contre ma fesse, et je la parcours nerveusement.

* * *

… les grands christs maigres sont si pâles dans les petites églises luthériennes qu'ils ont l'air malades. Dans notre art religieux traditionnel non plus, le Christ en croix n'est jamais ensanglanté, merci aux influences jésuites et jansénistes. Il suffit de saigner en secret, comme tout le monde. J'ai lu quelque part que le Christ se serait suicidé sur la croix, expulsant l'âme de son corps par un prodigieux effort de volonté. J'aimerais en faire autant, mais nous sommes tous des mendiants, c'est ce qu'avait compris Luther. Autrefois, la peste noire avançait dans l'Odadhahraun, où Harald à la Dent bleue avait fondé des évêchés, mais c'est fini et aujourd'hui les gens n'ont rien de mieux à faire que de détourner des autoroutes pour éviter des nids d'elfes. Finalement, la poésie islandaise, j'en ai ma dose, et en cette saison il fait noir dix-huit heures par jour ici. En plus, les aurores boréales m'étourdissent et me donnent mal au cœur. Et mon partenaire de boisson, Larry, est parti pour un mois chez sa sœur à Tallahassee (je le soupçonne d'être chevalier du Ku Klux Klan : il connaît le Grand Dragon de Floride et son beau-frère est un Hydre). Je rentre donc à la maison pour Noël. Attache bien ta tuque : nous irons fêter Petit-Jésus dans ce fameux restaurant du Vieux-Québec où l'an dernier, pour la Journée Sans Viande, je me suis payé le steak de ma vie, un T-bone de 50 onces à 80 $, avec un château-destieux à 150 $…

* * *

C'est alors que mon nom retentit au-dessus des têtes et que la porte pivote lentement sur ses charnières. Par l'embrasure mon regard enfile le corridor qui mène jusqu'au cabinet du médecin et j'ai le cœur qui s'alarme. Je le vois assis à son bureau, tout là-bas, avec la gravité d'un prêtre isolé dans sa cellule, méditant des malédictions. Je reconnais son profil de médaille à contre-jour. Ses cheveux noirs. Ses mains carrées. Une alliance brille à son annulaire. Sur les murs de son bureau, des diplômes universitaires et quelques gouaches d'écoliers. Tous les médecins ont des enfants, je ne sais pas pourquoi. Peut-être pour compenser, par un surcroît de vie et d'espérance, les atrocités de leur sacerdoce auprès de la mort. Penché sur les résultats irréfutables de la biopsie, il compulse des feuillets, semble les lire et les relire, cherchant une issue, peut-être une formulation euphémique. J'imagine la suite des choses, les métastases nichées dans les plis des viscères, l'anarchie des néoplasmes, les traitements invasifs et dérisoires, la généralisation du mal, et me voilà au bord des larmes. Tout le monde devine mon affolement, les regards grouillent sur moi comme de la vermine, et pourtant je dois me composer un visage impénétrable pour aller comparaître devant le mage qui connaît le secret de mes entrailles. Je suis cerné de toutes parts et tout me pousse à m'engloutir dans cette trouée blanche, comme pour un homme qui va se suicider. Je ferme les yeux un moment, implore M*** de venir à mon secours, puis je me remets sur mes jambes en flanelle. Je franchis la porte, la referme derrière moi avec une précaution artificielle, et je m'enfonce dans l'éclairage fluorescent du couloir. Je voudrais ralentir mes pas, m'arrêter, puis me retourner et m'enfuir par les ruelles enneigées de Limoilou, jusqu'aux lointains refuges de mon enfance, dans les jupes fleuries de ma mère, mais je ne m'appartiens plus. Au seuil de la vérité, je suis trop faible pour la contenir ; je vais périr en l'apprenant. Je ne vois plus que le médecin baigné d'une aura maléfique, mais je ne lui en veux pas. Quelqu'un doit bien rendre la justice.

TABLE

CET OUVRAGE
A ÉTÉ COMPOSÉ PAR NORD COMPO
ET ACHEVÉ D'IMPRIMER
PAR L'IMPRIMERIE FLOCH
À MAYENNE EN MAI 2013

N° d'impression : 84834
Dépôt légal : mai 2013
Imprimé en France